ERINNERUNGEN

IM KAMPF GEGEN CÄSARISMUS UND BYZANTINISMUS IM KAISERLICHEN DEUTSCHLAND

LUDWIG QUIDDE

Wie der Caligula entstand

Als ich im Jahr 1889 in Königsberg aus irgendeinem Anlaß in Hertzbergs *Geschichte des römischen Kaiserreichs* (Onckens Weltgeschichte in Einzeldarstellungen) die Seiten las, die von Gajus Caesar Caligula handeln, fielen mir sehr überraschende Parallelen zu Tagesereignissen und zu Beobachtungen an dem im Vorjahr zur Regierung gelangten jungen Kaiser Wilhelm auf. Damals wurde die Idee zum Caligula geboren. Es lag mir zunächst ganz fern, selbst das Thema zu behandeln; ich machte vielmehr einen Freund, der dichterische Neigungen hatte, auf das Thema zu einem satirischen Drama aufmerksam. Die Erinnerung aber blieb bei mir und wurde in den nächsten Jahren immer aufs neue angeregt. – Es war ja die Zeit, in der der Kaiser durch Extravaganzen fortwährend entweder den Spott oder die Entrüstung, bald dieser, bald jener Kreise, oft ganz Deutschlands, herausforderte. Mehr und mehr gewöhnte ich mich daran, seine Handlungen und Reden als Zeichen geistiger Abnormität zu betrachten.

Während ich in Rom Sekretär des Preußischen Historischen Instituts war, kam mir die Erinnerung an Hertzbergs Darstellung besonders lebhaft. Angeregt wurde sie unter anderem dadurch, daß im Vorzimmer der preußischen Gesandtschaft beim Vatikan an einer Stelle, die alle fremden Diplomaten beim Besuch Herrn v. Schlözers zu passieren hatten, eine Photographie des Kaisers stand mit der eigenhändigen Aufschrift, datiert aus einer Zeit, da er noch Prinz Wilhelm war, »oderint dum metuant« (mögen sie hassen, wenn sie nur fürchten). Das war bekanntlich das Lieblingswort des Caligula. Jahre später habe ich dann erfahren, daß Prinz Wilhelm Photographien mit dieser Aufschrift in größerer Zahl verschenkt hat. Als ich, nachdem Herr v. Schlözer in den Ruhestand getreten war, also keine Unannehmlichkeiten mehr davon haben konnte, meine Erinnerung an dieses »oderint dum metuant«, ohne die römische Gesandtschaft zu nennen, veröffentlichte, entstand in einer anderen preußischen Gesandtschaft große Aufregung, weil man nicht begriff, wie ein Fremder von dieser Photographie, die ihren Platz im Schlafzimmer des Gesandten hatte und also nur dem allerintimsten Kreise zugänglich war, Kenntnis erhalten hatte. Noch mehrere solche Photographien existieren.

An zwei Abenden zu Anfang des Jahres 1892 habe ich das, was etwa die erste Hälfte der Schrift ausmacht, zu Papier gebracht. An eine Veröffentlichung dachte ich dabei nicht im mindesten. Es war eine Art Selbstbefreiung von dem, was mich in Gedanken an den Kaiser beschäftigte, wenn man will, eine Art geistiger Spielerei, zur Ablenkung auch von drückenden Amtsgeschäften. Wie dichterisch veranlagte Naturen in solchen Lagen Verse machen, so schrieb ich die ersten Seiten des Caligula, ohne irgendein Buch zu benutzen, in einem Zuge nieder. In dem Manuskript fanden sich, als es zum Druck kam, kaum Korrekturen.

In diesem halbfertigen Zustand blieb die Skizze wohl anderthalb Jahre liegen. Im Herbst 1892 gab ich meine römische Stellung auf, da wissenschaftliche Verpflichtungen, die meine Anwesenheit in Deutschland erforderten (Herausgabe meiner *Zeitschrift für Geschichtswissenschaft* und Fortführung der *Deutschen Reichstagsakten*) sich mit der Leitung des Römischen Instituts nicht länger vereinbaren ließen. Im Sommer 1893 fiel mir das Manuskript, als ich meine römischen Papiere ordnete, wieder in die Hände. Der

Zufall führte am gleichen Tage oder wenige Tage darauf einen meiner römischen Freunde zu mir. Ich las ihm das Bruchstück vor, und er redete mir dringend zu, es fertigzuschreiben und dann in der Schweiz, etwa bei Caesar Schmidt in Zürich, wo damals radikale politische Schriften über deutsche Zustände zu erscheinen pflegten, zu veröffentlichen, natürlich anonym. Ich widersprach: wenn ich die Schrift schon herausgebe, müsse es mit Nennung meines Namens und in Deutschland geschehen, es widerstrebe mir, auch nur den Schein auf mich zu laden, als ob ich mich der Verantwortung entziehen wolle.

Die Folge jenes Gesprächs war aber, daß ich mich an den Stoff wieder heranmachte und den Caligula zu Ende schrieb. Auch Literatur zog ich nun heran, Sueton und die anderen lateinischen Autoren, die in den Anmerkungen zitiert sind. Meistens wurden zu dem, was ich im Text aus dem Gedächtnis hingeworfen hatte, erst nachträglich die Zitate beigefügt. Dabei halfen mir zwei junge Mitarbeiter meiner Zeitschrift. Es kam aber auch vor, daß die Lektüre der Quellen Veranlassung gab, Stellen nachträglich noch in den Text einzufügen. Ein Wunder, daß bei dieser Art von Arbeit die Einheitlichkeit des Ganzen nicht gelitten hat, mit Ausnahme einer einzigen Stelle, von der ich gleich sprechen werde.

Als die Schrift fertig war, schickte ich sie an einen nahe befreundeten Forscher der alten Geschichte, dessen Namen ich jetzt ja nennen kann, da ihn lange schon die Erde deckt, Franz Rühl in Königsberg, mit der Bitte, mich auf Schnitzer, die man vom Standpunkt der Wissenschaft rügen könnte, aufmerksam zu machen. Das Manuskript kam mit einigen Randbemerkungen von seiner Hand zurück.

Nun entstand die Frage: wo veröffentlichen? Ich bot den Aufsatz der *Frankfurter Zeitung* für ihr Feuilleton an. Die Redaktion lehnte ab, da die Gefahr strafrechtlicher Verfolgung zu groß sei – sehr begreiflich; denn die Fassung, in der ihr das Manuskript vorlag, war zwar literarisch erheblich besser, strafrechtlich aber viel gefährlicher als die, in der der Aufsatz nachher gedruckt wurde. Ich hatte, durch die Ablehnung der Zeitung gewarnt, die Veröffentlichung fast aufgegeben, aber wiederholt gelegentliche Mitteilungen aus dem Manuskript gemacht. Als ich einmal im Demokratischen Verein in Nürnberg gesprochen hatte und wir nachher in einem Separatzimmer noch beisammen waren, habe ich den politischen Freunden das Ganze, da ich das Manuskript zufällig bei mir hatte, vorgelesen – in Gegenwart des Beamten der städtischen Polizei, der unsere Versammlung überwacht hatte! Wenn dieser auch zur Partei gehörte, war doch die Gefahr, daß er Anzeige erstattete, sehr naheliegend. Er hat das nicht getan.

Bei der Rückkehr traf ich auf dem Bahnhof Michael Georg Conrad, den Herausgeber der *Gesellschaft*, mit dem mich die gemeinsame Zugehörigkeit zur »Deutschen Volkspartei«, der alten demokratischen Partei Süddeutschlands, verband. Ich fragte ihn, ob er Lust habe, einen Aufsatz von mir zu bringen, den allerdings die *Frankfurter Zeitung* als zu gefährlich abgelehnt habe, und gab ihm das Manuskript. Tags darauf oder wenige Tage später kam er zu mir in die Wohnung und sagte, daß die Arbeit sehr interessant sei und er Lust hätte, sie aufzunehmen. – Von einer aktuellen Bedeutung des der alten Geschichte angehörenden Themas war zwischen uns nicht die Rede; Conrad war nach meiner Erinnerung von einer gewissen ernsten Feierlichkeit, wenn er auch wohl ein Augurenlächeln nicht unterdrückt haben wird. Er fragte nach dem Honorar, das ich beanspruchte. Ich legte darauf keinen Wert, meinte aber, vielleicht werde es lohnen, einen Sonderabzug zu veranstalten, und an dem Erlös dieses Sonderabzugs könne man mich beteiligen. So wurde dann auch verabredet. Ich habe (das einzige Mal in meinem Leben) eine größere Summe als meinen Anteil erhalten. Sie ist restlos der Demokratischen Partei zugute gekommen. Um Ostern 1894, als wir gerade zu dem von mir mit geschaffenen Historikertag in Leipzig beisammen waren, kam die Schrift heraus.

Im allerletzten Augenblick (nach meiner Erinnerung erst, als ich die letzte Revision bekam) habe ich noch eine in den Anfang der Schrift tief eingreifende Änderung vorgenommen. In der ursprünglichen Fassung kam auf den ersten beiden Seiten überhaupt kein Name vor. Das war der Text, wie ich ihn in Rom ohne jeden Gedanken an Veröffentlichung niedergeschrieben hatte. Jetzt, da es zum Druck kam, schien mir das doch zu bedenklich. Es mußte den Staatsanwalt direkt provozieren, da er geltend machen konnte, diese raffinierte Unterdrückung jedes Namens verfolge die Absicht, den Leser glauben zu machen, es werde nicht von Caligula, sondern von einem anderen, nämlich Wilhelm II., gesprochen, auf den in diesen beiden Seiten fast jedes Wort paßt – anders als in der Fortsetzung, bei der ja jeder vernünftige Mensch sich sagen mußte, daß es mir fernlag, die Einzelheiten, die von dem größenwahnsinnigen Scheusal Caligula berichtet wurden, auf den so viel harmloseren Kaiser deuten zu wollen.

Erst nachdem so lange kein Name genannt war, fuhr ich überraschend fort: »So vielversprechend waren die Anfänge des Caligula« usw.

Mich hat einmal jemand gefragt (wenn ich nicht sehr irre, war es Otto Harnack, der früh verstorbene Historiker und Literarhistoriker, jüngerer Bruder des berühmten Theologen), wie in der sonst – wie er fand – stilistisch so ausgezeichneten Schrift diese Worte sich erklärten, die doch nur paßten, wenn damit Caligula dem Leser erst vorgestellt werden sollte. Sie sind ein bei der eiligen Korrektur in letzter Stunde stehengebliebenes verräterisches Überbleibsel der ursprünglichen Fassung. Diese Änderung des Anfangs war, literarisch betrachtet, eine Verschandelung des originalen Textes. Ich habe mich verpflichtet gefühlt, in der jetzigen Ausgabe nichts an dem Wortlaut zu ändern, wie er 1894 veröffentlicht wurde. Für jene aber, die es interessiert, setze ich die ursprüngliche Fassung hierher:

> »Er war noch sehr jung, noch nicht zum Manne gereift, als er unerwartet zur Herrschaft berufen wurde. Dunkel und unheimlich waren die Vorgänge bei seiner Erhebung, wunderbar die früheren Schicksale seines Hauses. Fern von der Heimat war der Vater noch in der Blüte seiner Jahre einem tückischen Geschick erlegen, und im Volke sprach man viel von geheimnisvollen Umständen seines Todes; man schreckte vor den schlimmsten Beschuldigungen nicht zurück, und bis in die Nähe des alten Kaisers wagte sich der Verdacht. Dem Volke war sein Liebling mit ihm genommen; einer Popularität wie kein anderes Mitglied des Kaiserhauses hatte er sich erfreut. Dem Soldaten war er vertraut aus vielen

Feldzügen, in denen er mit dem gemeinen Mann die Beschwerden des Krieges geteilt hatte, die deutschen Lande – die Gegenden am Rhein – waren voll seines Namens. Doch nicht nur als Kriegsheld war er dem Volke erschienen; er war im besten Sinne populär gewesen. Sein Familienleben, die Schar seiner Kinder, die schlichte bürgerliche Art, der freundliche Gleichmut in allen Lagen, das gewinnende Scherzwort in seinem Munde hatten ihm wie die Soldaten auch die Bürger verbunden. Solange der alte Kaiser lebte, war er freilich, so hohe Ämter ihm auch übertragen wurden, für die wichtigsten Fragen der inneren Politik bei aller Schaffenskraft und Schaffenslust zur Untätigkeit verdammt; wäre er aber zur Regierung gekommen, so hätte man freiere, glücklichere Tage von ihm erwarten dürfen, die Beseitigung des dumpfen Druckes, der auf dem ganzen Reiche lastete. So war die Hoffnung einer ganzen Generation mit ihm ins Grab gesunken.

Von diesem Liebling des Volkes strahlte ein Schimmer von Popularität auch auf den Sohn hinüber, der freilich sonst ganz unähnlich seinem Vater heranwuchs, vielleicht der stolzen und leidenschaftlichen Mutter ähnlicher, die die an sich nicht leichte Stellung ihres Gatten gewiß oft noch erschwert hatte, und zugleich bevorzugt von dem alten Kaiser, der des Sohnes Gattin mit Abneigung und Argwohn verfolgte, für den Enkel aber eine gewisse Zuneigung gehegt zu haben scheint, vielleicht nur, weil er das gerade Widerspiel des ihm so unsympathischen Vaters in ihm sah.

Zur Regierung gelangt, war der junge Kaiser für alle zunächst eine unbekannte, noch rätselhafte Erscheinung. Wohl hatte man gewiß in den letzten Jahren allerhand Mutmaßungen über ihn verbreitet, Günstiges und Ungünstiges; man rühmte, so dürfen wir annehmen, aus wie hartem Holze dieser Jüngling geschnitzt sein müßte, der sich unter so schwierigen Verhältnissen zu behaupten gewußt hatte, man fürchtete vielleicht seinen Eigenwillen, die Neigung zum Mißbrauch einer so großen Gewalt, die Einwirkung unreifer persönlicher Ideen, man wußte auch allerhand von einer früh hervorgetretenen Brutalität zu erzählen; vor allem aber überwog gewiß die Auffassung, daß seine jungen Jahre fremden Einflüssen leicht zugänglich sein würden; man durfte darauf rechnen, daß zunächst die Regierungsgewalt des allmächtigen Ministers noch gesteigert werden würde; war doch der junge Kaiser, wie alle Welt behauptete, diesem ganz besonders verpflichtet!

Von vielen dieser Dinge, die man erwarten und fürchten mußte, geschah nun so ziemlich das Gegenteil. Der leitende Staatsmann scheint sehr bald in Ungnade gefallen zu sein, sein Einfluß trat ganz zurück, der Kaiser nahm selbst die Zügel der Regierung in die Hand und begann sogleich sein eigenstes Regiment. Das Volk jubelte ihm zu; denn wie eine Erlösung ging es bei dem Regierungswechsel durch alle Kreise, eine Ära der Reformen schien zu beginnen und für liberale Gedanken eine freie Bahn sich zu eröffnen.

So vielversprechend waren die Anfänge des Caligula, der als Sohn des zu früh dahingeopferten Germanicus und der Agrippina im Jahre 37 n. Chr. seinem Großoheim, dem Tiberius, nachfolgte und nun durch sein Auftreten die Welt in Erstaunen setzte.«

Der sensationelle Erfolg

Um Ostern (25. März) 1894 kam die Schrift fast gleichzeitig mit der Nummer der *Gesellschaft* heraus. Rezensionsexemplare wurden selbstverständlich an alle größeren Zeitungen versandt. Wochen auf Wochen vergingen, ohne daß sich irgend etwas rührte. In keiner Zeitung eine Besprechung, auch nicht die kleinste Notiz. Niemand traute sich, das heiße Eisen anzufassen. Erst am 6. Mai erschien eine mir unbekannt gebliebene und von der übrigen Presse nicht beachtete Anzeige im *Vorwärts*.

Dann begab sich etwas sehr Seltsames. Kurz ehe der Reichstag in die Pfingstferien ging, traf August Stein, der bekannte, hervorragend intelligente und angesehene Vertreter der *Frankfurter Zeitung*, am Eingang zum Reichstag (damals noch in der Leipziger Straße) die beiden Redakteure der *Kreuzzeitung* Freiherrn v. Hammerstein und Dr. Kropatschek. Einer von ihnen (wohl Hammerstein) redete Stein an: »Haben Sie den *Caligula* gelesen?« »Caligula? was ist das? So ein oller römischer Kaiser?« »Ach was, das ist Er!« »Er? ja wer denn?« »Nun, Er, Er, der Kaiser, wie er leibt und lebt. Das Ding ist von einer Frechheit, unglaublich, aber von einer göttlichen Frechheit. Das muß er zu lesen bekommen. Hören Sie, das ist etwas für Sie, schlagen Sie in der *Frankfurter Zeitung* Lärm.« Stein ging in die nächste Buchhandlung, kaufte den *Caligula*, las die Schrift und sagte sich: »Ich werde den Deubel tun.«

Es verging nicht lange Zeit, und die *Kreuzzeitung* verrichtete selbst den Dienst, zu dem ihr Redakteur die *Frankfurter Zeitung* vergebens anzustacheln versucht hatte. Am 18. Mai, Freitag nach Pfingsten, erschien in der *Kreuzzeitung* ein mehrere Spalten langer Artikel, der den *Caligula* der Entrüstung des Lesers und, ohne das direkt auszusprechen, natürlich der Beachtung des Staatsanwaltes empfahl. Die Vergleiche mit Personen der Gegenwart wurden so grob und roh gezogen, wie sie selbstverständlich der Absicht des Verfassers nicht entsprachen. Was ich in der Schrift nur benutzte, um auf die Gefahren der schrankenlosen Auswirkung eines krankhaft veranlagten und durch Byzantinismus übersteigerten Herrscherbewußtseins hinzuweisen, wurde wortwörtlich ausgedeutet. In der *Norddeutschen Allgemeinen Zeitung* wurde die *Kreuzzeitung* deshalb auch angeklagt, mit dem Artikel, der Reklame für den *Caligula* gemacht habe, gegen die Interessen der Monarchie gesündigt zu haben. Sie antwortete, daß der Artikel ihr »unaufgefordert von einem der ältesten und berühmtesten Professoren der Geschichte« zugegangen sei. Man nannte vielfach Ottokar Lorenz. Dem Verfasser mag ehrliche Entrüstung die Feder geführt haben. Wie es aber um die Absicht der Redaktion stand, ist eine andere Frage, auf die das Gespräch mit August Stein die Antwort gibt.

Daß die konservative hochfeudale *Kreuzzeitung* es sich angelegen sein ließ, einen großen Skandal heraufzubeschwören und dafür zu sorgen, daß der Kaiser Kenntnis von dem Artikel erhielt, mag die heute Lebenden wundernehmen. Es entsprach aber der damaligen Stellung eines großen Teiles ihres Leserkreises. Der Kaiser hatte durch seine Art auch in der preußischen Aristokratie und in der Armee viel von dem Kapital monarchischer Gesinnung verwirtschaftet; die einen kolportierten bedenkliche Geschichten von ihm oder machten schlechte Witze auf seine Kosten; die anderen hatten ernsthafte Besorgnisse, besonders für den Fall, daß es einmal zum Kriege käme und er dann werde führen wollen.

Der Skandal, den die *Kreuzzeitung* gesucht hatte, brach dann auch prompt los. Die gesamte Presse stürzte sich jetzt auf die Schrift. Viele Zeitungen brachten lange Auszüge; der *Hamburger Generalanzeiger* wurde deshalb konfisziert, nach einiger Zeit aber, nachdem das Verfahren gegen den Redakteur eingestellt war, wieder freigegeben. Auch die ausländische Presse, die europäische und die überseeische, war voll von Mitteilungen über den *Caligula*. In den Witzblättern wurde Caligula zum Gegenstand meist sehr geschmackloser Scherze, teils auf des Kaisers, teils auf meine Kosten. In Singspielhallen waren Couplets über Caligula an der Tagesordnung.

Das seltsamste Zeugnis für die Weltsensation der Schrift kam – aus Haiti. Die deutsche Regierung forderte Genugtuung für die einem Deutschen angetane Unbill. Um der Forderung Nachdruck zu geben, trat die deutsche Kriegsflotte (ich glaube: mit zwei Schulschiffen) vor Port au Prince in Aktion. Die Regierung von Haiti mußte sich fügen; der Minister, Solon Menos mit Namen, fand gegen deutsche Kanonen keine andere Gegenwehr als die, den *Caligula* ins Französische zu übersetzen und unter der Bevölkerung zu verbreiten. So wurde wenigstens erzählt. Ich habe die Einzelheiten nicht nachprüfen können. Tatsache ist jedenfalls, daß gegen Ende 1896 der gleiche Minister sich für die aufgezwungene Nachgiebigkeit durch eine Streitschrift schadlos hielt, in der er außer dem deutschen Gesandten auch den deutschen Kaiser angriff und den *Caligula* zitierte. Der *Reichsbote* ließ sich darüber ausführlich berichten.

Schon ehe die *Kreuzzeitung* Lärm schlug, waren etwa 6000 Exemplare verkauft, ein Erfolg der nur von Mund zu Mund betriebenen Propaganda interessierter Leser. Aber jetzt nahm die Nachfrage unheimliche Dimensionen an. Die Druckerei, in der die *Gesellschaft* gedruckt wurde, konnte den Bedarf nicht decken. Eine zweite, ja eine dritte mußte in Anspruch genommen werden, und die Maschinen liefen, wie der Verleger sich ausdrückte, Tag und Nacht. Es war noch keine Woche seit Erscheinen des Kreuzzeitungsartikels vergangen, da lag schon die 24. Auflage vor, und die *Leipziger Neuesten Nachrichten* erfuhren »aus zuverlässiger Quelle« (also wohl vom Verleger), daß bereits 150 000 Exemplare abgesetzt seien. Es folgten noch weitere sechs Auflagen, bis mit der 30. Schluß war. Wie hoch der gesamte Absatz war, habe ich niemals zuverlässig erfahren. Buchhändler, die damals im Sortimentsbuchhandel tätig waren, haben mir oft gesagt, der Absatz müsse in die Hunderttausende gegangen sein; denn einen solchen Erfolg, wie den des *Caligula*, hätten sie nie erlebt. Vielleicht irren sie sich ein wenig, weil der sich auf wenige Wochen zusammendrängende Erfolg einen stärkeren Eindruck auf sie gemacht hat als ein über Monate oder Jahre sich verteilender Erfolg anderer Bücher.

Jedenfalls war die Verbreitung ungeheuer. Von den Gymnasiasten und Backfischen angefangen, die, wie mir mancher jetzt fast Fünfzigjährige erzählt, das Schriftchen heimlich unter der Schulbank lasen, bis zu den Leuten im weißen Haar, vom Arbeiter bis zum hohen Beamten, General und Gelehrten, jeder mußte den *Caligula* haben.

In Zeitungsausschnitten aus jener Zeit, die mir jetzt wieder durch die Hände gegangen sind, lese ich bewegliche Klagen konservativ gerichteter Verfasser über diesen Sensationserfolg und besonders auch über die Beobachtungen, die man über die soziale

Schichtung der Käufer machen könne. Die sogenannten besten Kreise, mit Einschluß der Offiziere, seien stark dabei beteiligt. Da heißt es in einem Artikel:

> »Freilich von den Arbeitern und Handwerkern wurde das Heft nicht gekauft, und die ›kleinen Leute‹ auf dem Lande und in den Kleinstädten haben es auch schwerlich zu Gesicht bekommen; dagegen griff der ›bessere Mittelstand‹, gleichviel ob liberal, konservativ oder antisemitisch denkend, die Schrift mit der größten Begierde auf. Zuvor aber hatte sich bereits die ›Creme der Gesellschaft‹ sowie der Geburts- und Geldadel wie auch das höhere Beamtentum auf die ›Studie‹ hergestürzt und deren Inhalt gleichsam verschlungen.« Erkundigungen in Buchhandlungen hätten ergeben, berichtet der Verfasser weiter, »daß deren sämtliche Kunden aus den ›höheren und höchsten Kreisen‹ sofort nach dem vielbesprochenen *Kreuzzeitungs*-Artikel entweder persönlich oder durch ihre Diener die Quiddesche Schrift gekauft hätten.«

Damit wird bestätigt, was ich oben über die Haltung der *Kreuzzeitung* und ihres Leserkreises sagte. Dazu noch einige Belege: Ein Berliner Buchhändler erzählte mir, unter den Käufern der Schrift seien auffallend viele Offiziere gewesen. Der Prinz v. Battenberg kaufte, wie ich zufällig erfahren habe, 20 Stück, um sie an den englischen Hof zu schicken. Eine preußische Prinzessin, der die Schrift in Berlin vorenthalten war, ließ sie sich, als sie München auf der Durchreise passierte, besorgen, las sie mit Vergnügen und war unvorsichtig genug, sie bei der Abreise von München in der Hand zu tragen.

Noch bezeichnender für den sensationellen Erfolg der Schrift war die Flut von Broschüren, die sie im Gefolge hatte; einige von ihnen ernsthaft zu nehmende, gegen mich gerichtete Streitschriften; andere wissenschaftliche Veröffentlichungen, für die die Verleger die Konjunktur ausnutzten (so auch ein Sonderabdruck aus Hertzbergs *Geschichte der römischen Kaiserzeit*, die mir den ersten Anstoß zum *Caligula* gegeben hatte); die allermeisten aber ganz wertlose Machwerke, Hyänen des literarischen Schlachtfeldes, denen die Spekulation auf das Caligula-Interesse des Publikums wahrscheinlich mißlungen ist.

Darunter war auch eine Schrift, die der frühere Redaktionssekretär meiner geschichtswissenschaftlichen Zeitschrift verfaßt hatte. Darin wurde dem Publikum erzählt, mit wem ich in der Zeit vor dem Erscheinen des *Caligula* korrespondiert hätte; der Verfasser hatte dazu fleißig mein Postjournal exzerpiert. Unangenehmer war, daß er behauptete, ich hätte meine früheren gesellschaftlichen Beziehungen zu ostpreußischen Aristokraten für den *Caligula* benutzt, und meine besonderen Informationen, auch über den Kaiser, stammten daher. Der Barthschen *Nation* schien in der Schrift, deren moralische Minderwertigkeit sie sonst entsprechend kennzeichnete, diese Mitteilung politisch beachtenswert. Es war aber kein Wort daran wahr. Der Verfasser litt auch sonst vorübergehend an Wahnvorstellungen.

Einen Erfolg ganz eigener Art erzielte ich bei Maximilian Harden. Er forderte mich, ehe der Kreuzzeitungsartikel erschien, zur Mitarbeiterschaft an seiner *Zukunft* auf. Ich lehnte ab, da ich mit Arbeiten überhäuft sei und unsere politischen Anschauungen (obschon wir uns in der Gegnerschaft gegen Wilhelm II. trafen) doch zu weit auseinander gingen. Darauf erhielt ich folgenden Brief, der am Tage nach dem Erscheinen des Artikels in der *Kreuzzeitung* geschrieben war:

Berlin, den 17. Mai 1894
Köthener Str. 27

Sehr geehrter Herr,

ich bin nicht so anmaßend, von meinen Mitarbeitern die Aussprache *meiner* Ansichten zu verlangen. Und ich möchte, mit der wiederholten Bitte um Ihre Hilfe, mir den Hinweis darauf gestatten, welche ganz außerordentlich weitere Wirkung eine Arbeit wie etwa der *Caligula* in der *Zukunft* geübt hätte.

Mit höflichem Dank für Ihren freundlichen Brief in vorzüglicher Hochachtung

Ihr ergebener

Harden

Ich antwortete darauf nicht mehr. Es vergingen nur zwei Wochen, da erschien in der *Zukunft* vom 2. Juni an leitender Stelle ein von Harden geschriebener Artikel, in dem meine Arbeit für »eine wertlose und langweilige Schrift« erklärt wurde, »eine ganz wertlose und grobe Karikatur, die vollends unverständlich wird, weil ein fataler Hang sich regt, in die Erzählungen aus dem alten Rom allerhand moderne Begriffe einzuschmuggeln«. Von mir persönlich wurde gesagt: »Für einen wirklich schuldigen Quidde könnte nicht rasch genug die Zwangsjacke herbeigeschafft werden.«

Als in der *Frankfurter Zeitung* auf Hardens Versuch, mich als Mitarbeiter zu gewinnen und auf diese seltsame Wandlung seines Urteils hingewiesen wurde, erklärte er in einem Brief an die Redaktion, er habe, als er mich zur Mitarbeit aufforderte, den *Caligula* »nachweislich« noch nicht gekannt; er habe nur von »sonst verständigen Leuten« gehört, die Schrift sei vortrefflich; dieses Urteil und ein Feuilleton, das Quidde in der *Frankfurter Zeitung* veröffentlicht hatte, hätten ihn veranlaßt, »den Münchener Historiker, wie alle Personen, die mir durch literarische Arbeiten auffallen, zur Mitarbeit an der *Zukunft* aufzufordern«.

Meine persönlichen Schicksale nach dem Caligula

Nachdem der Artikel in der *Kreuzzeitung* erschienen war, lag die Erwartung außerordentlich nahe, daß der Staatsanwalt einschreiten werde. Er hat sich in der Tat mit der Schrift beschäftigt und die Eröffnung der Anklage erwogen. Eines Tages wurde ich von Berlin gewarnt, und zwar durch Professor Jastrow, meinen Kollegen als Historiker, speziell als Herausgeber der *Jahresberichte der Geschichtswissenschaft*, der sich von der Geschichte später der Nationalökonomie zugewandt hat, einen der Männer, die trotz großer wissenschaftlicher Verdienste im kaiserlichen Deutschland es nicht zu einem Ordinariat an einer Universität bringen konnten, weil er zwei für Historiker und Nationalökonomen doppelt belastende Mängel hatte: zugleich Jude und freisinnig zu sein.

Ich bereitete mich auf eine Haussuchung und Verhaftung vor, indem ich private Korrespondenzen, die ich nicht gerne fremden Augen aussetzen wollte, bei Freunden in Sicherheit brachte, und indem ich nach dem Manuskript suchte, um es ebenfalls vor dem Zugriff der Staatsanwaltschaft zu sichern; denn in diesem Manuskript würde man drei fremde Handschriften entdeckt haben, die gar nicht zu verkennende von Franz Rühl, den die Entdeckung seiner »Beihilfe« seine Professur hätte kosten können, und die meiner zwei jungen Mitarbeiter, die beide in ihrer Laufbahn sehr böse geschädigt wären. Ich konnte nicht richtig suchen, solange mein Hauptmitarbeiter, dem ich nicht traute und, wie seine später veröffentlichte Schrift bewies, mit Recht nicht trauen durfte, anwesend war. Erst als er gegangen war, an einem Sonntag, machte ich mich über alle Schreibtische, Regale, Schränke her. Das Manuskript war nicht zu finden. Jeden Augenblick konnte die Haussuchung stattfinden, und das Schicksal dreier Menschen hing von dem Manuskript ab. Da, als ich schon jede Hoffnung aufgegeben hatte, fiel es mir zufällig in einer Kommodenschublade, in der ich es nie gesucht hätte, in die Hände. Die Blätter finden und sie dem Herdfeuer überantworten, war eins. Diese Vernichtung des Manuskriptes tut mir nachträglich natürlich sehr leid; denn es besaß ein besonderes Interesse, weil es auf das anschaulichste die Entstehungsgeschichte der Schrift widerspiegelte. Bei etwas mehr Ruhe hätte ich wohl einen Weg finden können, um es bei Freunden zu bergen. Aber mich jagte die Angst vor dem Polizeikommissar, der jeden Augenblick die Klingel ziehen konnte.

Als die Sorge um das Manuskript beseitigt war, erhob sich die Frage, was nun gegenüber der drohenden Anklage zu geschehen hatte. Ich erwartete dieselbe mit Bestimmtheit. Hatte doch unter anderm unser demokratisches Blatt, der *Nürnberger Anzeiger*, die große Unvorsichtigkeit begangen, auszuplaudern, daß die *Frankfurter Zeitung* den *Caligula* wegen Gefährlichkeit abgelehnt hatte, und daß die Schrift von mir den Nürnberger Parteifreunden vorgelesen war.

Mein juristischer Berater hielt die Lage für sehr gefährlich. Er argumentierte so: »Die Aufgabe des Staatsanwalts ist, wenn er seine Anklage nur auf die Schrift stützen will, außerordentlich schwierig; denn er muß, da in der Schrift mit keinem Wort vom Kaiser die Rede ist, immer behaupten, daß mit dieser oder jener Tatsache, die von Caligula erzählt wird, der Kaiser gemeint sei. Das ist sehr peinlich für ihn und der Erfolg zweifelhaft, selbst vor sächsischen Berufsrichtern. Sehr viel günstiger würde der Fall noch vor bayerischen Geschworenen stehen, vor die in Bayern alle Preßvergehen kommen. Da aber die *Gesellschaft* zwar in München redigiert wird, aber in Leipzig erscheint, ist die Leipziger Strafkammer zuständig. Der Staatsanwalt wird deshalb, da er alles daransetzen muß, die Anklage, wenn sie einmal erhoben ist, auch zum Erfolg zu führen, und da er eine Freisprechung in einem solchen Falle, schon um des Kaisers willen, nicht riskieren darf, alle Leute vernehmen lassen, mit denen Sie näher verkehren, persönliche und politische Freunde, um dadurch festzustellen, ob sich nicht aus Ihren Äußerungen der Beweis für den dolus ergibt. Da Sie nun außerordentlich unvorsichtig gewesen sind, wird dieser Beweis mit Leichtigkeit gelingen. Zu der einen Majestätsbeleidigung werden noch andere hinzukommen, wie bei jedem von uns, wenn man all seine Privatunterhaltungen vor Gericht stellt. Dann wird der Staatsanwalt, da dieser Fall von Majestätsbeleidigung nach seiner Auffassung wegen der politischen Auswirkung und wegen des ungeheuren Aufsehens in der ganzen Welt schwerer als alle anderen zu bewerten ist, das im Gesetz vorgesehene Höchstmaß beantragen, d. i. fünf Jahre Gefängnis. Das Gericht wird diesem Antrag vielleicht nicht ganz folgen; aber auf vier Jahre müssen Sie sich gefaßt machen. Ich kann Ihnen nur den einen Rat geben, gehen Sie zum Bahnhof, und fahren Sie mit dem nächsten Zuge in die Schweiz.« Meine Frau, die sonst außerordentlich tapfer ist und mir in all den Fährlichkeiten ein großer Halt war, war begreiflicherweise eingeängstigt und ließ sich von dieser Argumentation, die auch mir einen starken Eindruck machte, überzeugen. Sie redete mir zu, sogleich zu fahren, wollte nur noch ein paar Tage bleiben, um geschäftliche Angelegenheiten zu ordnen, und dann mir nachkommen.

Ich habe in meinem Leben viele Dummheiten gemacht, auch, wie ich nicht leugne, in der *Caligula-Affäre*. Aber dessen darf ich mich rühmen, daß ich in dieser Situation, die die Nerven auf das äußerste anspannte, gegenüber allen meine Willenskraft aufreibenden Einflüssen festblieb. Ich erklärte, daß ich auf keinen Fall fliehen würde, sondern nun die Folgen meiner Tat tragen müßte. Was mich bestimmte, war durchaus keine heldische Auffassung, sondern die ganz nüchterne Erwägung, daß der noch zögernde Staatsanwalt, wenn ich außer Landes ginge, sicher zur Anklage schreiten würde, weil er meine Flucht als Schuldbekenntnis benutzen konnte, und daß ich, wenn ich mich dann stellte, meine Lage außerordentlich verschlechtert hätte, wenn ich mich aber nicht stellte, meine ganze Existenz vernichtete.

Aber etwas – das war das Ergebnis der Beratung – sollte gegenüber dem Artikel der *Kreuzzeitung* und gegenüber der drohenden Anklage doch geschehen. Wenn ich zu all dem, was in der Presse behauptet wurde, schwieg, so konnte daraus der Staatsanwalt folgern, ich hätte die Majestätsbeleidigung selbst zugegeben, nach dem Grundsatz »qui tacet, consentire videtur« (wer schweigt, scheint zu gestehen). Diese Waffe wollte ich dem Staatsanwalt aus der Hand schlagen. Wahrscheinlich war das ganz falsch gefolgert; aber damals schien es mir einleuchtend, und so kam ich dazu, am 23. Mai in der *Vossischen Zeitung* und gleichzeitig in der *Frankfurter* eine Erklärung folgenden Wortlauts zu veröffentlichen:

> »Die *Kreuzzeitung* beschäftigt sich in einem langen Artikel,
> der mir erst jetzt zugänglich geworden ist, mit meiner
> historischen Studie über *Caligula und römischen*

Cäsarenwahnsinn. Sie behandelt die Schrift als ein politisches Pamphlet, trifft unter diesem Gesichtspunkt eine ganz einseitige Auswahl von Einzelheiten, deutet diese mit Behagen zu ihren Zwecken aus und möchte das Ganze, wenn ich recht verstehe, vor den Strafrichter stellen. Einer Beurteilung des Vorgehens der *Kreuzzeitung*, besonders von ihrem eigenen royalistischen Standpunkt aus, kann ich mich wohl enthalten, um so mehr, da es bereits ein großer Teil der Presse gekennzeichnet hat. Auf die Zurückweisung der einzelnen Insinuationen aber sich einlassen, hieße gleichfalls der Skandalsucht dienen, mit der die Schrift als solche nichts zu tun hat. Ich kann jedem, dem es nicht um ein interessantes historisches Problem, sondern um Sensation zu tun ist, nur raten, die Schrift ungelesen zu lassen, und ich werde sie auch, soweit es in meinen Kräften steht, diesem Sensationsbedürfnis zu entziehen suchen. Zur Sache beschränke ich mich auf die Bemerkung, daß die Schrift sowohl in Inhalt wie Form durchaus historisch ist und sich ohne die Seitenblicke der *Kreuzzeitung* streng an das historische Thema hält. Will die *Kreuzzeitung* sich aufs Vergleichen legen, so empfehle ich ihr nicht Persönlichkeiten der jüngsten Vergangenheit, sondern andere Darstellungen der Zeit Caligulas heranzuziehen, sie wird dann finden, daß ich nichts entstellt, nichts von außen hineingetragen, vielmehr ganz in Übereinstimmung mit anderen Autoren berichtet habe. Die Arbeit ist allerdings nicht im Stil einer antiquarischen Stubengelehrsamkeit, sondern mit lebhaftem historisch-politischen Interesse, mehr nach Publizisten- als nach Professorenart, geschrieben. Wohl mag es sich deshalb bei Behandlung eines solchen Themas unwillkürlich geltend gemacht haben, daß ich in republikanischen Anschauungen groß geworden bin. Diese Grundrichtung scheint ja auch die *Kreuzzeitung*, wie ihre Schlußworte zeigen, empfunden zu haben, und vielleicht hat sie sich von ihrer Empörung darüber dazu hinreißen lassen, mir so ganz andere Dinge als bloße antimonarchische Gesinnung unterzulegen. Der *Reichsb.* führt die Entstehung der Schrift gar darauf zurück, daß ich meine Stellung am Preußischen Institut in Rom verloren hätte und nun als ›Zurückgesetzter‹ anfange, ›Demagogie‹ zu treiben. Das wird für jeden, der die Verhältnisse einigermaßen kennt, recht humoristisch sein. Von anderen Dingen abgesehen, weiß auch jeder dritte Fachgenosse, daß mein eigener Wunsch, begonnene Unternehmungen in Deutschland fortzusetzen, es mir unmöglich gemacht hat, in Rom zu bleiben. Nachdem ich zwei Jahre lang (nicht nur ein Jahr) den Versuch gemacht hatte, die Pflichten gegen drei wissenschaftliche Unternehmungen zu

vereinigen, glaubte ich, im Interesse aller und meiner selbst
darauf verzichten zu müssen, obwohl die vorgesetzten
Behörden es bis zuletzt an dem größten, fast beschämenden
Entgegenkommen nicht fehlen ließen. Übrigens habe ich
meine Studie, als ich noch in meiner Stellung am Institut war,
gerade unter den Eindrücken des kaiserlichen Rom und des
›Ponte di Caligula‹ zu schreiben begonnen.«

Diese Erklärung war abgefaßt nach Art eines offiziösen Dementis, das etwas zu sagen
scheint, was in Wirklichkeit, wenn man genau liest, nicht darinsteht. Sie zog mir die
heftigsten Angriffe zu. Es wurde mir vorgeworfen, ich hätte in ihr behauptet, daß ich in
der Schrift an den Kaiser gar nicht gedacht hätte. Das steht, wie man sieht, nicht in der
Erklärung. Was aber darinsteht, daß »die Schrift sowohl in Inhalt wie Form durchaus
historisch ist und sich ohne die Seitenblicke der *Kreuzzeitung* streng an das historische
Thema hält«, entspricht durchaus dem Tatbestand. Ich hoffe heute Glauben zu finden,
wenn ich sage, daß mich in der Tat, ganz abgesehen von den Anspielungen und den
Beziehungen auf die Gegenwart, das Thema Caligula als solches historisch und
psychologisch interessiert hat. Manche Partien der Schrift, in denen von einer Parallele
zum Kaiser nicht die Rede sein kann, sind nur so zu erklären.

Wer die Erklärung liest, kann sie, wie damals, so auch heute, unter so ganz anders
gelagerten Verhältnissen, nur richtig bewerten, wenn er die Fähigkeit und den guten
Willen hat, sich ganz in die gegebene Lage zu versetzen. Das taten auch damals die
meisten, die mir halbwegs wohlgesinnt waren. Ich kann darauf verweisen, daß die
Erklärung mir nicht nur in meiner Partei nicht verdacht worden ist (die Ehrenämter und
Kandidaturen, die mir in der allernächsten Zeit übertragen wurden, beweisen es),
sondern daß auch außerhalb der Partei stehende, sehr angesehene Männer von
strengen Ehrbegriffen, wie man nachher sehen wird, sich auf meine Seite stellten, als
ich wegen der Erklärung Anfechtungen zu ertragen hatte.

Schlimm war, daß sich die ganze Meute derer, die nach dem Erscheinen des *Caligula* sich
schmunzelnd die Hände gerieben hatten, die aber das Bedürfnis fühlten, nach außen
Entrüstung zu zeigen, nun auf die Erklärung stürzte. Dagegen ließ sich nichts tun, wenn
ich mich nicht geradezu dem Strafrichter ausliefern wollte. Fordern konnte es nur ein
Narr. Es ist außerordentlich leicht, sich in die Brust zu werfen, wenn man auf anderer
Leute Kosten tapfer sein kann.

Im Sinne meiner Erklärung lehnte ich die zahlreichen Aufforderungen, meine
Genehmigung zur Übersetzung der Schrift in fremde Sprachen zu geben, ab. Das habe
ich selbstverständlich auch während des Krieges getan, als man von England aus an mich
aufs neue herantrat, und ebenso nach dem Zusammenbruch, als mit der Begründung,
wie glänzend recht ich gehabt hätte, neue Anerbietungen kamen, bis zum heutigen
Tage.

Die Staatsanwaltschaft verzichtete auf die Erhebung einer Anklage. Ich wurde nicht
einmal im Ermittlungsverfahren vernommen, geschweige, daß eine Voruntersuchung
eingeleitet wäre. Die Gründe für den Verzicht kenne ich auch heute nicht. Möglich, daß

sie in der Schwierigkeit der Durchführung einer Anklage lagen, möglich auch, daß persönliche Einflüsse sich geltend gemacht haben.

Die Zeitungen berichteten, der Kaiser habe die Schrift in Pröckelwitz beim Grafen Dohna zu lesen bekommen, habe kein Wort dazu gesagt, sei aber unmittelbar darauf in bester Laune gewesen. Mitteilungen, die ich von anderer Seite erhalten habe, lauteten ganz anders.

Die strafrechtliche Verfolgung blieb also aus. Aber die Staatsanwaltschaft widmete von da an meiner öffentlichen Tätigkeit eine besonders liebevolle Aufmerksamkeit, und indirekt habe ich schließlich zwei Jahre später den *Caligula* mit drei Monaten Gefängnis büßen müssen. Davon ist nachher zu erzählen.

Zunächst die unmittelbaren Folgen für meine gesellschaftliche und wissenschaftliche Stellung. Sie waren weit schlimmer als die drei Monate Gefängnis.

Im Jahre 1888 hatte ich eine historische Fachzeitschrift gegründet: die *Deutsche Zeitschrift für Geschichtswissenschaft*. Der von mir geschriebene Artikel *Zur Einführung* ist datiert »Rom, 18. Oktober 1888«. Mit diesem Datum verbindet sich, wie hier nebenbei erzählt sein mag, auch eine Erinnerung an Wilhelm II. Er war damals zu Besuch in Rom, und am 18. Oktober, dem Geburtstag seines Vaters, dem ersten nach dessen so qualvollen und erschütternden Tode, ließ er sich zu Ehren ein großes Fest bereiten, das Forum strahlte in glänzender Beleuchtung. In der italienischen königlichen Familie, die mit Kaiser Friedrich wirklich befreundet gewesen war, empfand man, wie erzählt wurde, diesen Mangel an Feingefühl sehr stark, wie denn dieser Aufenthalt des Kaisers in Rom überhaupt reich an seltsamen Taktlosigkeiten war.

Mit meiner Zeitschrift hatte ich, da deren Eigenart einem stark empfundenen wissenschaftlichen Bedürfnis entsprach, gleich von Anfang an einen überraschenden Erfolg gehabt; ich hatte dann eine unsagbare Menge von Arbeit besonders in den Nachrichtendienst und in die ganz eigenartige »Bibliographie« hineingesteckt, hatte nicht nur Zeit und Arbeit, sondern auch große Geldmittel für sie geopfert und hatte ihr ein unbestrittenes Ansehen errungen, das zugleich mir selbst eine sehr angenehme Stellung unter den Fachgenossen gab. Ich erstrebte keine Professur oder irgendeine andere Anstellung, war also niemandes Konkurrent, stand ganz außerhalb aller akademischen Cliquenbildung, außerhalb aller Eifersüchteleien und Intrigen und übte als Herausgeber meiner Zeitschrift doch einen gewissen Einfluß aus, der über meine wissenschaftlichen Leistungen hinausging.

Durch den *Caligula* wurde das alles zerstört; denn die meisten angesehenen Fachgenossen wollten nun mit der Zeitschrift nichts mehr zu tun haben. So wohlgelitten ich vorher im Kreise der deutschen Historiker gewesen war, fortan war ich – wenigstens für die nächsten Jahre – förmlich geächtet. Das zeigte sich u. a. auf dem nächsten, dem Frankfurter Historikertage. Der erste, im Herbst 1892 in München, war unter meiner wesentlichen Beihilfe organisiert worden. Auf dem zweiten, Ostern 1894 in Leipzig war ich ein vielbegehrter Kollege. In Frankfurt rückte so ziemlich jeder, der etwas bedeutete, oder der etwas werden wollte, von mir ab.

Die Redaktion meiner Zeitschrift habe ich dann 1896 Karl Lamprecht überlassen. Die *Neue Folge* wurde »im Verein mit G. Buchholz, K. Lamprecht, E. Marx«, die alle drei damals in Leipzig lehrten, von Gerhard Seliger herausgegeben. Auf dem Titel stand noch »gegründet von L. Quidde«. Das war vertragsmäßig ausgemacht. Von dieser *Neuen Folge* erschienen nur zwei Jahrgänge. Dann wurde, wohl um meinen kompromittierenden Namen vom Titel zu entfernen, der Name der Zeitschrift zugleich mit dem Übergang in einen neuen Verlag geändert. Sie hieß nun *Historische Vierteljahrsschrift*. Als Herausgeber zeichnete fortan allein Gerhard Seliger. Auf dem Titel hieß es zwar noch immer »Neue Folge der Deutschen Zeitschrift für Geschichtswissenschaft«, aber ohne Erwähnung des Gründers.

Die Historische Klasse der Münchener Akademie, deren außerordentliches Mitglied ich seit 1892 war, glaubte zu der Schrift Stellung nehmen zu müssen. Sie sprach über sie »als über einen Mißbrauch der Wissenschaft« ihre Mißbilligung aus. Ich habe sehr wohl begriffen, daß die Akademiemitglieder angesichts des gegen mich losgebrochenen Sturmes glaubten, etwas sagen zu müssen; aber ich habe den Tadel nicht stillschweigend hingenommen, sondern darauf, trotz Abratens eines treu zu mir haltenden Freundes, des Akademiesekretärs Professor Max Lossen, geantwortet:

> »Zu dem Urteil selbst mich zu äußern, versage ich mir; denn da die Arbeit mit der Akademie in gar keiner Beziehung steht, vermag ich nicht einzusehen, woher die Klasse überhaupt das Recht nimmt, die persönliche Ansicht ihrer Mitglieder über meine Schrift als korporatives Urteil abzugeben. Vielmehr bin ich der Meinung, daß eine derartige Zensur nicht zu ihrer Kompetenz gehört, und ich bitte, diese meine Verwahrung zur Kenntnis der Klasse zu bringen.«

Die Schrift *Caligula* ist natürlich nur formal, nicht sachlich, eine historische, wissenschaftliche Arbeit, ihrem Wesen nach aber eine politische Satire wie die auf Friedrich Wilhelm IV. gemünzte Schrift von David Friedrich Strauß: *Der Romantiker auf dem Throne der Cäsaren oder Julian der Abtrünnige*. Oder wie die berühmte gegen Napoleon III. gerichtete Streitschrift von A. Rogeard *Les propos de Labienus* (deutsch unter dem Titel *Die Gespräche des Labienus*).

Man mag darüber streiten, ob man in solchen Schriften die erlaubte Verwendung historischen Materials für einen der geschichtlichen Wissenschaft fremden Zweck oder einen Mißbrauch der Geschichtswissenschaft sehen will. Die den Ereignissen zeitlich fernstehende Kritik, auch der Historiker, hat weder David Friedrich Strauß noch Rogeard Mißbrauch der Wissenschaft vorgeworfen; sie wird wohl künftig einmal auch das gegen mich in der Erregung des Jahres 1894 gefällte Urteil nicht bestätigen. Der berühmteste damals lebende deutsche Historiker hat, wenn ich nicht irre, schon unter dem unmittelbaren Eindruck der Schrift anders geurteilt. Treitschke sagte zu einem seiner einstigen Schüler: Der *Caligula* sei als politische Satire der Schrift von David Friedrich Strauß weit überlegen und leider, leider in vielem nur zu berechtigt.

Es sei gestattet, über den Mißbrauch der Wissenschaft noch ein Wort zu sagen. Den schlimmsten Mißbrauch geschichtlicher Wissenschaft stellen jedenfalls alle jene Bücher dar, die wahrheitswidrig, oft genug bewußt wahrheitswidrig, mit dem Schein der Objektivität, die Geschichte im Dienste einer bestimmten Tendenz verwenden, sei es, um »das angestammte Herrscherhaus« zu feiern und den Monarchen Verdienste zuzuschreiben, auf die sie nicht das leiseste Anrecht haben, zugleich ihre Schwächen und Laster zu verdecken, oder um dem Volke zu schmeicheln und aus gewissenlosen Demagogen Idealgestalten zu machen. Viele von unseren Schulbüchern waren von übelster monarchistischer Tendenz-Geschichtsschreibung beherrscht. Wohl hat es immer Männer der Wissenschaft gegeben, die sich dagegen aufgelehnt haben; aber daß sie korporativ diesen Mißbrauch der Wissenschaft verurteilt hätten, ist kaum vorgekommen.

Viel empfindlicher als die Rüge der Historischen Klasse der Akademie traf mich das Vorgehen der der Münchner Akademie angegliederten Historischen Kommission. Sie entzog mir auf der Pfingstversammlung 1896, als meine Verurteilung eben erfolgt war, die Leitung der *Deutschen Reichstags-Akten*, die mir nach dem Willen meines Lehrers, Julius Weizsäcker, seit dessen Tode anvertraut war. Ich habe diesen Beschluß, da er meines Erachtens durch meine Ausschließung von der Beratung gegen die Satzungen verstieß, nicht anerkannt und habe, im Besitz der Materialien, die zur Fortführung der Arbeit durch meine Mitarbeiter erforderlich waren, deren Herausgabe verweigert. Es gab einen schweren Kampf, in dem mehrere Mitglieder mit einer wohlwollenden Objektivität, die ich ihnen dauernd gedankt habe, zu vermitteln suchten. Der Abschluß war ein Kompromiß. Meine jüngeren Mitarbeiter wurden, was durchaus in der Richtung meiner eigenen Absichten lag, selbständig, und ich erhielt eine bestimmte Aufgabe innerhalb des Gesamtunternehmens zugewiesen.

War die Beilegung des Konflikts in der Münchner Historischen Kommission nach der damaligen Lage für meine wissenschaftliche Tätigkeit fast eine Lebensfrage, so waren die Konsequenzen, die sich aus dem *Caligula* beim Preußischen Historischen Institut in Rom ergaben, mehr komisch als ernst zu nehmen. Mein Name verschwand bis auf weiteres aus der Geschichte des Instituts.

Wenige Jahre nach Gründung desselben war ich zwei Jahre lang der leitende Sekretär gewesen. Allerdings hatte ich, wie bei meiner Anstellung von vornherein vereinbart war, durch meine Zeitschrift und durch die Reichstagsakten stark in Anspruch genommen, mich an der wissenschaftlichen Arbeit nur wenig beteiligen können; ich hatte aber, wie von allen Seiten anerkannt wurde, eine für die Zukunft des Instituts sehr wesentliche organisatorische Arbeit geleistet, hatte das Institut aus einer vollständig verfahrenen Situation gegenüber dem Deutschen Archäologischen Institut und gegenüber dem österreichischen Historischen Institut herausgeführt, hatte nach allen Seiten, auch gegenüber dem Historischen Institut der Görresgesellschaft, die besten Beziehungen hergestellt, hatte Arbeitsgebiete, um die ein erbitterter Kampf geführt wurde, durch friedliche Vereinbarung, nicht zum Nachteil des Instituts, abgegrenzt und hinterließ meinem Nachfolger statt der Atmosphäre feindlicher Spannungen und beleidigenden Mißtrauens, in die ich 1890 hineingestellt wurde, durchaus geordnete Verhältnisse, die auf allen Gebieten ein ruhiges wissenschaftliches Arbeiten gestatteten.

Das mögen keine großen Leistungen sein; aber für das Institut waren sie bedeutsam. Gleichwohl glaubte mein Nachfolger, als er bei irgendeiner Gelegenheit (ich glaube beim Reichsjubiläum 1896) in einer Festsitzung über die Entwicklung des Institutes sprach, es nicht wagen zu können, meiner Erwähnung zu tun. So wurde mir wenigstens von Ohrenzeugen erzählt. Es klaffte in der Geschichte eine Lücke von zwei Jahren, in der, wie es scheint, Herr Niemand das Institut geleitet hatte.

Viel stärker noch trat die geflissentliche Unterdrückung meines Namens hervor, als der erste und bisher einzige Band des vom Institut herausgegebenen *Repertorium Germanicum* erschien. Das Unternehmen ging auf eine Anregung von mir zurück, die mir allerdings gründlich verschandelt war, da ich meine Schöpfung nach meinem Rücktritt, ehe die Arbeiten begannen und alle meine Abmachungen über den Haufen geworfen wurden, nicht mehr vertreten konnte. Hätte man mir die Vaterschaft für das Monstrum von Edition zugeschoben, so würde ich entrüstet protestiert haben. Gleichwohl war es fast unmöglich, im Vorwort zu dem Bande meiner nicht zu gedenken. Der Herausgeber hat es auch in dem Manuskript, das er an die vorgesetzte Kommission einschickte, durchaus loyal getan. Aber in Berlin wurde ihm dieser Satz des Vorworts gestrichen.

Daß man so sehr bestrebt war, die Erinnerung an meine Sekretariatszeit auszulöschen, erklärt sich daraus, daß der Kaiser an dem Historischen Institut, dessen Gründung von ihm tatsächlich wesentlich gefördert war, persönlich Interesse nahm und die Veröffentlichungen ihm vorgelegt wurden.

Aber auch wo diese Rücksicht nicht unmittelbar maßgebend war, ging es ähnlich zu. Als mein unmittelbarer Nachfolger zurücktrat, bemächtigte sich die Tagespresse der Frage, wer zu berufen und wie das Programm des Instituts auszugestalten sei. Dabei wurde natürlich viel von der Vergangenheit gesprochen. Von mir schwiegen alle Flöten, bis sich an der Diskussion auch Professor Finke, Freiburg, ein Studiengenosse von mir aus Weizsäckers Seminar, beteiligte. Er hatte zur Zeit, da ich Sekretär war, in Rom gearbeitet, und zwar als katholischer Historiker in Verbindung mit dem Görres-Institut. Er schrieb, in all den Erörterungen werde sehr zu Unrecht der Tätigkeit Quiddes fast gar nicht gedacht. Er habe viel mehr geleistet, als man Wort haben wolle. Auch habe er in dem Kreise der in Rom tätigen deutschen Historiker, die sich mit einem sonst in solchen Kreisen ganz ungewohnten unfreundlichen Mißtrauen gegenüberstanden, eine ganz andere Gesinnung gepflegt; er habe sich die Anhänglichkeit seiner Assistenten und das Vertrauen der anderen Kollegen gewonnen. Mit einer gewissen Wehmut denke man der Zeit, da man gemeinsam unter seiner Leitung in der »Siciliana«, einer sizilianischen Weinstube, gekneipt habe. Selbst diese freundliche Anerkennung schlug mir zum Unheil aus. Der Jesuit Paul Maria Baumgarten schrieb in der *Augsburger Postzeitung*, von der Tätigkeit Quiddes als Sekretär sei weiter nichts zu rühmen, als daß er ordentlich habe kneipen können. Solche Frechheiten waren wohl nur möglich, weil ich nach dem *Caligula* für viele Leute vogelfrei war.

Von dem Abbruch vieler gesellschaftlicher Beziehungen, von dem zeitweiligen gesellschaftlichen Boykott, dem alte Beziehungen in aristokratischen Kreisen auffallenderweise viel besser Stand hielten als viele in bürgerlichen, speziell akademischen, will ich nicht viel reden. Einer der Fachgenossen, der mir persönlich mit am nächsten gestanden hatte, schrieb mir, ich möchte vergessen, daß wir uns gekannt hätten.

Besondere Erwähnung verdient nur noch das Vorgehen in einer sehr angesehenen, rein geselligen Münchner Vereinigung. Zuerst forderte der Vorsitzende mich auf, einem Sommerfest des Vereins mit Rücksicht darauf, daß man den preußischen Gesandten dabei erwarte, fernzubleiben, während eine vertrauliche Erkundigung ihm leicht hätte die Gewißheit geben können, daß mir nichts ferner lag, als mich einem Kreise, in dem ich vielen unwillkommen war, aufzudrängen. Dann verlangte man, ich sollte meinen Austritt erklären. Ich lehnte ab und stellte die Gegenforderung, wenn man diesen Austritt wünsche, so solle man in der Mitgliederversammlung beantragen, mich auszuschließen; ich würde mich mit Vergnügen der Erörterung stellen. In dieser Lage erklärten drei Mitglieder, keine geringeren als Reichstagsabgeordneter Freiherr von Stauffenberg, Prof. Lujo Brentano und Prof. Max Lossen, sie würden austreten, wenn man gegen mich vorgehe. Die Gesellschaft verzichtete darauf, ein Ausschließungsverfahren einzuleiten; ich blieb noch eine Zeitlang Mitglied, ohne die Versammlungen zu besuchen, und erklärte dann meinen Austritt.

Viele Jahre habe ich im öffentlichen Leben an den Folgen des *Caligula* zu tragen gehabt. Ich mußte entweder auf Mitwirkung, wo ich mich gern beteiligt hätte, verzichten oder auch, wo ich die Arbeit leistete, hinter den Kulissen bleiben. Nur einige Beispiele aus einer langen Reihe.

Als in München auf Veranlassung des Fürsten Löwenstein eine Ortsgruppe der Anti-Duell-Liga gegründet wurde, wählte man mich in den Ausschuß als einziges Gegengewicht gegen all die katholischen, politisch dem Zentrum zugehörenden, meist adligen Mitglieder. Nach einigen Monaten kam Fürst von der Leyen, der mich vorgeschlagen hatte, zu mir, um mich zu bitten, im Interesse der Sache zurückzutreten, da ihm von Berlin bedeutet sei, es würde unmöglich sein, den Kaiser, auf den doch wegen des Duells in der Armee sehr viel ankam, für die Zwecke der Liga zu gewinnen, wenn mein Name in der Liste des Ausschusses vorkomme. Es wurde mir angeboten, an meine Stelle jeden zu wählen, den ich vorschlagen würde. Ich trat natürlich zurück.

Als im Jahre 1899 nach Erscheinen des berühmten Zarenmanifestes hier in München das Komitee für Kundgebungen zur Unterstützung des Manifestes gegründet wurde, das seine Tätigkeit auf ganz Deutschland ausdehnte, berief man mich zur Leitung. Das durfte aber, da man doch auch amtliche Stellen gewinnen wollte, nach außen nicht hervortreten; Prof. Lipps trat deshalb an die Spitze, nahm aber nur an unter der Bedingung, daß ich mich ihm als eigentlich geschäftsführender Vorsitzender zur Verfügung stellte.

Als 1907 der Weltfriedenskongreß in München stattfand, den in der Hauptsache ich organisiert und geleitet habe, machte mir nichts so viel Mühe, als den repräsentativen Vorsitzenden für den Ortsausschuß zu finden. Selbst an diese Stelle zu treten, war ganz unmöglich, da wir selbstverständlich zur Eröffnungssitzung das »diplomatische Korps« und darunter auch den preußischen Gesandten einladen mußten. Als Oberbürgermeister v. Borscht meinte, meine Stellung in München sei so gefestigt, daß ich mich über dieses Bedenken fortsetzen könnte, gab Graf Podewils mir recht, daß ich mich zurückhalten müsse.

Ja, noch 1913, als in der Deutschen Friedensgesellschaft sich die Notwendigkeit herausstellte, an Stelle des schwerkranken Dr. Adolf Richter einen neuen Vorsitzenden zu suchen, hieß es, eigentlich sei Quidde der gegebene Mann; aber wegen des *Caligula* könne man ihn nicht nehmen, um sich nicht für Einwirkung auf die Reichsregierung unnötige Schwierigkeiten zu schaffen. Erst als alle anderen Lösungsversuche scheiterten, wurde ich im Mai 1914 gewählt.

Ich habe auch niemals, wenn ich im Auslande war, die Dienste unserer diplomatischen Vertreter für irgendwelche persönlichen Wünsche in Anspruch genommen, habe deshalb z. B., als ich 1904 in Amerika war, auf einen Besuch beim Präsidenten Roosevelt verzichtet und habe befreundete Gesandte nicht besucht, um sie nicht in der Wilhelmstraße zu kompromittieren.

Erst der Krieg hat darin Wandel geschaffen. Zwar habe ich noch im Sommer 1915 die Denkschrift des Bundes Neues Vaterland *Sollen wir annektieren?* anonym geschrieben und auf Verschweigung meines Namens Gewicht gelegt, um der Aufnahme nicht zu schaden. Aber als Prof. Hans Delbrück Falkenhayn das Ehrendoktor-Diplom der Philosophischen Fakultät überbrachte und im Großen Hauptquartier den Chef des Zivilkabinetts die Vortrefflichkeit der Denkschrift rühmen hörte, konnte er meinen Namen nennen, ohne Entsetzen zu erregen. Bald darauf wurde ich als Vertreter des Pazifismus im Auswärtigen Amt empfangen. Staatssekretär Zimmermann veranlaßte dann, daß ich unsere Forderungen Bethmann Hollweg vortragen konnte, zum Entsetzen liberaler Kollegen im Bayrischen Landtag. Später habe ich Minister und Botschafter, auch solche von altem Adel, kennengelernt, die mir erzählten, daß die Lektüre des *Caligula* zu den Anfängen ihrer politischen Bildung oder zu den stärksten Eindrücken ihrer Jugendzeit gehörte.

Schon bald nach dem Erscheinen der Schrift gab es neben dem Schweren, das ich durchzumachen hatte, auch freundliche Erlebnisse. Mancher Mann von Wert und Bedeutung hat mir seine Genugtuung ausgedrückt. In Erinnerung ist mir besonders ein Vorfall in Lindau. Im Bayerischen Hof dort sagte mir der Portier, Prof. Ludwig aus Leipzig, berühmter Physiologe, der meinen Namen auf der Fremdentafel gesehen, bitte mich, ihm Gelegenheit zu geben, mich zu sprechen. Ich ahnte nichts Gutes und erwartete, Ludwig, Schwiegervater des Historikers Alfred Dove, Mitgliedes der Münchener Akademie, werde mir heftige Vorwürfe machen wollen. Trotzdem suchte ich ihn kurz vor der Abreise noch auf. Statt mir den Kopf zu waschen, dankte er mir für den Dienst, den ich dem deutschen Volke erwiesen habe; er hoffe, daß vom *Caligula* eine Wiederbelebung der Demokratie und eine Überwindung des widerwärtigen Byzantinismus ausgehen werde.

Zum Schluß noch zwei kleine scherzhafte Erlebnisse. Ich brauchte in Berlin rasch Visitenkarten, bestellte sie abends kurz vor Ladenschluß und bat, sie mir am nächsten Morgen früh ins Hotel zu schicken. »Ganz unmöglich.« Es passe mir mit anderen Verabredungen so sehr schlecht, sie abzuholen. »Bedaure, wirklich ganz unmöglich.« Es blieb mir nichts übrig, als mich darein zu finden, und ich gab meine Karte als Muster.

Freudiges Aufblicken des Geschäftsinhabers. »Sind Sie der Quidde, der den *Caligula* geschrieben?« »Ja.« »Dann schicke ich Ihnen die Karten.«

Auf einer Reise nach Italien kam ich nach Trient ins Hotel Trento. Man gab mir ein mäßiges Zimmer. Als ich meinen Namen ins Fremdenbuch eingetragen hatte, kam der Direktor. »Sind Sie *der* Dr. Quidde? Dann ist's mir eine Ehre, Ihnen ein sehr schönes Zimmer zu geben, natürlich ohne daß Sie mehr zu zahlen brauchen.«

Der Staatsanwalt mir auf den Fersen

In den Jahren, die dem Erscheinen des Caligula folgten, habe ich eine außerordentlich rege politische Tätigkeit entfaltet, in München und außerhalb in Versammlungen. Fortwährend war ich unterwegs wie der reine »Commis voyageur« der deutschen Demokratie. Im Winter 1894/95 stand der Kampf gegen die vom Kaiser geforderte Umsturzvorlage im Vordergrund. Später spielte für mich eine Hauptrolle die Bekämpfung des widerlichen Byzantinismus, der sich der vom Kaiser vollzogenen Umtaufung Wilhelms I. in »Wilhelm den Großen« anpaßte. Daneben waren des Kaisers Flottenrüstungspläne zu bekämpfen. Die um sich greifende Seuche der Majestätsbeleidigungsprozesse gab Anlaß zu scharfen Protesten. Nach Erledigung der Umsturzvorlage kam die einer ganz direkt vom Kaiser ausgegebenen Parole entsprungene Zuchthausvorlage an die Reihe. Aus diesen Fragen der Tagespolitik ergab sich von selbst die Notwendigkeit, sich immer wieder mit dem Kaiser persönlich auseinanderzusetzen.

Das war um so mehr geboten, da er nicht abließ, durch sein Auftreten die Kritik herauszufordern. Was er tat und sagte, gab zum Teil sehr unerfreulichen Anlaß zu ernsten Besorgnissen, gab zum Teil aber auch willkommenen Anlaß zur Bekämpfung der monarchischen Gesinnung und ihrer Ausartungen, der Lakaiengesinnung, die einen Teil des deutschen Volkes beherrschte, des kritiklosen Kultus, der mit der Monarchie getrieben wurde. Wir süddeutschen Demokraten (obgleich in Bremen geboren und dem alten Hanseatengeist, wie ich hoffe, nicht entfremdet, zähle ich mich durch meine politische Entwicklung doch ganz zur süddeutschen Demokratie) waren durchweg Republikaner. Das heißt: wir verfolgten keine Pläne, die auf Beseitigung der Monarchie abzielten; denn es war uns klar, daß die Monarchie im deutschen Volke viel zu fest verankert war, und daß man eine Republik ohne Republikaner nicht gründen könne; für die Gegenwart war uns die Demokratisierung der Verfassung und der Verwaltung viel wichtiger als die Frage der Staatsform; aber wir waren gesinnungsgemäß Republikaner, pflegten in unseren Reihen den Geist der Demokraten von 1848, trugen die schwarzrotgoldenen Farben der Deutschen Republik, bekämpften den Monarchismus und suchten republikanische Gesinnung zu verbreiten.

In der Betreibung dieser Propaganda und in der bewußten Zuspitzung des Kampfes auch gegen die Person des Kaisers war ich einer der Eifrigsten. Es war natürlich ein gefährlich Handwerk, um so gefährlicher, da die Staatsanwaltschaft mich mit ihrer besonderen Aufmerksamkeit beehrte. Mehr als einmal mußte ich mich vor dem Untersuchungsrichter verantworten. Einige Fälle sind mir genauer in Erinnerung geblieben.

In reaktionären Kreisen spielte man damals mit dem Gedanken, das allgemeine, direkte und geheime Wahlrecht zu beseitigen. In einer Versammlung sagte ich, ein solcher Staatsstreich bedeute Blut; er werde die Massen auf die Barrikaden treiben. Es folgte eine Anklage auf Grund der §§ 110 und 130 wegen Aufreizung von Bevölkerungsklassen zu Gewalttätigkeiten. Ich hatte es leicht, zu erwidern, daß meine Absicht nicht war, aufzureizen, sondern zu warnen. Der Untersuchungsrichter schien von der Haltlosigkeit der Anklage überzeugt zu sein.

Ganz anders in einem anderen Falle. Ich hatte mein Lieblingsthema »Wilhelm den Großen« behandelt, hatte ausgeführt, wieviel menschlich Sympathisches man an dem alten Kaiser rühmen könne, seine Ritterlichkeit, seine Bescheidenheit, seine Güte – wenn auch mit starker Einschränkung; denn wo die Güte mit den Traditionen militärischer Brutalität in Konflikt gekommen sei, habe sie versagt, wie in dem Fall der preußischen Landwehrmänner, die, da sie sich im Manöver weigerten, einen Viehwagen zu besteigen, zu 10 Jahren Zuchthaus verurteilt und nicht begnadigt wurden. Ich rühmte weiter seine Fähigkeit, hinter den Männern seines Vertrauens zurückzutreten, um sich mit der Rolle des Herrschers zu begnügen, statt selbst regieren zu wollen und den Ministern hineinzuregieren. Niemand aber könne behaupten, er sei ein großer, ein genialer Mann, auch nur ein Mensch von überragender Bedeutung gewesen, eine Persönlichkeit, die ihrer Zeit das Gepräge gegeben und die nationale Entwicklung entscheidend beeinflußt habe. Die Gründung des Deutschen Reiches, die Wiederbelebung des Kaisertums sei nicht durch ihn, sondern gegen ihn erfolgt; sein Preußentum sei ihm lieber gewesen als die Einigung, wenn auch die preußisch-kleindeutsche Einigung Deutschlands; er habe Bismarck noch am Tage der Kaiserproklamation nicht verziehen, daß er ihn zum Deutschen Kaiser gemacht habe. Von seinen geistigen Gaben habe man gesagt, er würde, wenn bürgerlich geboren, ein guter Unteroffizier geworden sein. Es sei deshalb durchaus unberechtigt, von einem »Wilhelm dem Großen« zu sprechen, und wenn man das beim Kaiser als dem Enkel noch begreifen könne, so sei es im Munde von anderen, die es dem Kaiser charakterlos nachbeteten, eine skandalöse Geschichtsfälschung; dem deutschen Bürger dürfe man es nicht verzeihen, wenn er von »Wilhelm dem Großen« spreche. Außerdem hatte ich in der Rede die Rechtspflege, besonders soweit sie sich auf politische Vergehen bezog, scharf kritisiert und der Lobpreisung dieser Rechtspflege durch den Kaiser ein sehr scharf geprägtes Urteil gegenübergestellt.

Diese Rede gab Anlaß zu einer Anklage wegen Majestätsbeleidigung und Verächtlichmachung von Staatseinrichtungen. Der Untersuchungsrichter war ein sehr lebhafter junger Herr, der, statt mich ruhig zu vernehmen, sich immer politisch und moralisch über mich entrüstete, dabei die politischen Paragraphen des Strafgesetzbuches so wenig kannte, daß er sich fortwährend Blößen gab und ich ihm weit überlegen war. Allerdings hatte ich, da ich in meinen Reden und Artikeln immer auf des Messers Schneide balancierte, alle Veranlassung, mich genau zu unterrichten, was nach deutschem Strafrecht politisch erlaubt war und was nicht. Das Verhör versuche ich im folgenden wiederzugeben. Natürlich kann ich nicht für jedes Wort einstehen; aber ich bitte mir zu glauben, daß die entscheidenden Äußerungen wirklich so gefallen sind, und daß ich nicht aufschneide.

>Er: »Sie haben sich der Verächtlichmachung von
>Staatseinrichtungen schuldig gemacht.«

>Ich: »Welche Tatsachen, die falsch oder entstellt sind, soll ich
>denn behauptet haben?«

Er: »Was soll das? Sie haben sich über die Rechtspflege verächtlich geäußert, noch dazu im Widerspruch zu Seiner Majestät.«

Ich: »Dazu habe ich volles Recht. Ich darf Staatseinrichtungen verächtlich machen, so viel ich will.«

Er: »Das wäre noch schöner. Das wäre ja zügellose Verhetzung. Nach dem Strafgesetz ist es strafbar.«

Ich: »Bitte um Entschuldigung. Nur, wenn ich erdichtete oder entstellte Tatsachen, wissend, daß sie erdichtet oder entstellt sind, öffentlich behaupte, um dadurch Staatseinrichtungen verächtlich zu machen.«

Er: »Kein guter Bürger wird Staatseinrichtungen verächtlich machen. Das wäre ja empörend.«

Ich: »Über das, was ein guter Bürger zu tun hat, gehen eben unsere Ansichten weit auseinander. Ich halte es für meine Pflicht, Staatseinrichtungen, die mir verächtlich scheinen, auch
verächtlich zu machen. Was aber erlaubt oder nicht erlaubt ist, steht zum Glück fest. Ich berufe mich auf § 131 des Strafgesetzbuch.«

Er (blättert im Strafgesetzbuch): »Dort steht freilich diese Einschränkung. Darum bleibt die Verächtlichmachung der Rechtspflege, die Sie sich haben zuschulden kommen lassen, doch strafbar.«

Ich: »Probieren Sie es. Es würde mich freuen, vor Gericht meine Auffassung vertreten zu können.«

Er: »Nun, lassen wir das jetzt. Der zweite Punkt der Anklage ist doch eigentlich die Hauptsache. Sie haben sich der Majestätsbeleidigung schuldig gemacht.«

Ich: »Wieso der Majestätsbeleidigung? Ich habe doch über den Kaiser kein beleidigendes, nicht einmal die Achtung verletzendes Wort gesagt. Wollen Sie etwa indirekte Majestätsbeleidigung konstruieren, wie es in letzter Zeit vor preußischen Gerichten versucht worden ist, indem man behauptete, ein geringschätziges Urteil über Einrichtungen und Personen, die vom Kaiser hochgeschätzt würden, könne als indirekte Majestätsbeleidigung bestraft werden? Ich glaube nicht, daß Sie damit vor bayerischen Richtern Glück haben werden.«

Er: »Nun angenommen selbst, daß Ihre Äußerungen, soweit sie den Kaiser berühren, keine Beleidigungen enthalten, so haben Sie doch über den alten Kaiser Wilhelm sich in hohem Maße beleidigend geäußert.«

Ich: » Das kann ich nicht zugeben; ich glaube vielmehr, daß ich dem alten Kaiser alle Gerechtigkeit habe widerfahren lassen, ich habe sehr zurückhaltend und zum Teil sogar respektvoll über ihn gesprochen. Ich glaube, jeder wird mein Urteil als eine im wesentlichen zutreffende objektive Würdigung anerkennen müssen.«

Er (in höchster Erregung): »Das muß ich mir aber sehr verbitten. Im Namen aller guten Deutschen protestiere ich. Es ist ja einfach empörend, was Sie über des alten Kaisers Majestät gesagt haben. Unter anderm haben Sie geäußert, er würde, wenn bürgerlich geboren, ein guter Unteroffizier geworden sein.«

Ich: »Was diese letzten Worte anlangt, so habe ich sie nur zitiert. Sie rühren von einem der beiden Humboldts her, ich weiß im Augenblick nicht, ob von Alexander oder Wilhelm v. Humboldt. Das waren doch wohl beides Menschen, die ein Urteil hatten, und die auch nicht beleidigen wollten. Außerdem, was soll das alles? Gegen den alten Kaiser kann ich doch keine Majestätsbeleidigung verüben.«

Er: »Oho, das wäre noch besser. Auch der verstorbene Kaiser genießt den Schutz des Gesetzes.«

Ich: »Bitte wieder um Entschuldigung. Das mag Ihrer politischen Gesinnung entsprechen, aber nicht dem Strafgesetzbuch. Das Strafgesetzbuch kennt nur eine Majestätsbeleidigung, die gegen den Kaiser oder den Landesherrn verübt wird. Dabei ist selbstverständlich nur an den lebenden Kaiser und Landesherrn gedacht. Sehen Sie nur § 95 nach.«

Er (wieder im Strafgesetzbuch blätternd): »Ja, das kann man allerdings so auffassen. Aber dann würde es sich um die Beschimpfung des Andenkens eines Verstorbenen handeln.«

Ich: »Ich bestreite auf das entscheidenste, daß ich das Andenken Kaiser Wilhelms beschimpft habe.«

Er (wieder empört): »Für mich haben Sie ihn beschimpft!«

Ich: »Gut, wenn Sie mich deshalb verfolgen wollen, haben Sie
dann einen Antrag der Großherzogin von Baden?«

Er: »Das ist doch aber empörend. Nun ziehen Sie auch noch
die Großherzogin von Baden hinein. Was soll die mit Ihrer
Rede zu tun haben?«

Ich: »Sehr viel; denn die Beschimpfung des Andenkens eines
Verstorbenen, die übrigens nur strafbar ist, wenn jemand
wider besseres Wissen eine unwahre Tatsache behauptet, ist
bekanntlich ein Antragsvergehen, und die Großherzogin von
Baden ist die einzige Persönlichkeit, die antragsberechtigt
wäre. Wenigstens ist es mir so aus dem § 198 in Erinnerung,
daß nur die Eltern, die Kinder oder der Ehegatte des
Verstorbenen klagen können.«

Er (wieder blätternd und lange schweigend): »Nun
protokollieren wir.«

Es gab natürlich keine Klage, die ganz aussichtslos gewesen wäre. Gefährlicher war ein
anderer Fall, der auch zu einem lustigen, aber ganz anders gearteten Verhör führte.

Als im Herbst 1895 der Parteitag der Deutschen Volkspartei in München stattfand,
veranstalteten wir eine große Volksversammlung im Münchner Kindlkeller. Payer hielt
die Hauptrede, ganz vortrefflich und mit großem Erfolg. Ich führte als Vorsitzender des
Münchner Vereins den Vorsitz und sprach ein Schlußwort. Zum Abschluß dieses
Schlußwortes konnte ich es mir natürlich nicht versagen, wieder auf mein
Lieblingsthema zu kommen. Ich geißelte es, daß man jetzt von »Wilhelm dem Großen«
spreche, und sagte, es bestehe wirklich kein Grund, den alten Kaiser »Wilhelm den
Großen« zu nennen, außer wenn man ihn von einem zukünftigen »Wilhelm dem
Kleinen« unterscheiden wolle. Das Publikum raste vor Vergnügen.

Als wir die Versammlung verließen, sagte Leopold Sonnemann zu mir: »Hören Sie,
Quidde, Sie sollten doch eigentlich solche Scherze lassen; sie sind Ihrer Stellung
eigentlich nicht ganz würdig und außerdem sehr gefährlich.« Payer bemerkte darauf:
»Lassen Sie ihn nur. Er kennt offenbar sein Publikum und hat mit diesem Witz am Schluß
ja einen viel größeren Erfolg erzielt als wir mit all unseren Reden. Mit dem Staatsanwalt
wird er schon fertig werden.« Bei einer späteren Gelegenheit hat mich allerdings auch
Payer gemahnt, das gefährliche Spiel der am Kaiser geübten Kritik aufzugeben. »Er ist
doch stärker als Sie und hält es länger aus.« Das hat sich ja nun freilich nicht
bewahrheitet.

Auch diese Rede hatte eine Anklage wegen Majestätsbeleidigung zur Folge. Dieses Mal
war der Untersuchungsrichter ein älterer, sehr sympathischer und ruhiger Herr, wenn
ich nicht irre, Landgerichtsrat. Ich will versuchen, auch dieses Verhör in Rede und
Gegenrede, wieder mit dem Vorbehalt, daß nicht gerade jedes Wort stimmt, aber mit
der Versicherung, daß am Gang des Gespräches nichts geändert ist, wiederzugeben.

Er: »Die Staatsanwaltschaft beschuldigt Sie, in Ihrem Schlußwort in der Versammlung im Münchener Kindlkeller Majestätsbeleidigung verübt zu haben.«

Ich: »Majestätsbeleidigung? Ich habe doch vom Kaiser gar nicht gesprochen. Worin soll denn die Majestätsbeleidigung liegen?«

Er: »Der Staatsanwalt bezieht sich auf Ihre letzten Worte, es läge kein Grund vor, von einem Wilhelm dem Großen zu sprechen, außer wenn man ihn von einem zukünftigen Wilhelm dem Kleinen unterscheiden wolle.«

Ich: »Da ist doch auch vom Kaiser nicht die Rede. Der gegenwärtige Kaiser ist doch kein zukünftiger Wilhelm der Kleine.«

Er: »Ich weiß ja nicht, wie der Staatsanwalt die Stelle auffaßt; aber vermutlich nimmt er an, Sie hätten sagen wollen, daß die Geschichte einmal dem jetzigen Kaiser den Beinamen Wilhelm der Kleine geben könne.«

Ich (mit der Hand vor die Stirne schlagend): »Herrgott, das ist freilich möglich; aber das ist doch sehr weit hergeholt.«

Er: »Es muß doch nicht so sehr weit hergeholt sein; denn in den Zeitungsberichten und in den Berichten der überwachenden Beamten steht: ›Stürmischer, nicht endenwollender Beifall.‹«

Ich: »Und daraus schließt der Staatsanwalt, daß die Worte einen den Kaiser beleidigenden Sinn gehabt hätten? Dann scheint mir der Staatsanwalt sich einer Majestätsbeleidigung schuldig zu machen.«

Er: »Machen Sie keine schlechten Witze. Das können Sie in einem Zeitungsartikel schreiben oder in einer Volksversammlung sagen, aber doch nicht mir. Es ist doch klar, daß das Publikum nicht in Beifallskundgebungen sich ergehen wird, wenn Sie von einem noch gar nicht geborenen Wilhelm sprechen.«

Ich (sehr treuherzig): »Ja sehen Sie, das ist bei mir eine eigene Sache. Sie wissen, ich habe vor 1½ Jahren eine Schrift veröffentlicht, *Caligula*. In der hat man eine Satire gegen den Kaiser gefunden. Seitdem kann ich sprechen, wovon ich will, die allerharmlosesten Sachen, und die Leute glauben immer, ich spreche vom Kaiser.«

Er (amüsiert): »Das ist wirklich ein rechtes Unglück für Sie.
Nun wollen wir protokollieren: Der Beschuldigte erscheint
und erklärt, er habe bei seinen Worten den Kaiser nicht
gemeint und nicht an ihn gedacht.«

Ich (zögernd): »Nein, das möchte ich lieber nicht so gesagt
haben. Protokollieren wir: Der Angeschuldigte erscheint und
erklärt, er könne nicht begreifen, wie ein zukünftiger Wilhelm
mit dem gegenwärtigen Kaiser identifiziert werden könne.«

Er: »Wenn Sie so wollen, gut. Ich muß aber sagen, an Ihrer
Stelle würde ich lieber meine Fassung nehmen.«

Damit hatte er ja eigentlich sehr recht. Aber ich bin auch so durchgekommen. Das
Landgericht lehnte die Eröffnung des Hauptverfahrens ab. Die Staatsanwaltschaft erhob
Beschwerde dagegen beim Oberlandesgericht. Aber auch das Oberlandesgericht lehnte
ab, ich darf wohl sagen: zu meiner großen Befriedigung, weil es vor Gericht wohl nicht
so gemütlich zugegangen wäre wie beim Untersuchungsrichter, und ein ganz klein wenig
auch zu meiner Verwunderung.

Bei einer anderen Gelegenheit hat mich der Staatsanwalt dann glücklich doch erwischt.
In einer sozialdemokratischen Versammlung, auch im Münchner Kindlkeller, sprach ich
als Diskussionsredner. Auch hier wieder mein Lieblingsthema, dem ich aber (das muß
ich schon sagen) immer wieder neue Seiten abgewann. Dieses Mal ging ich ausführlich
darauf ein, wie kläglich die Haltung eines großen Teils des deutschen Bürgertums sei.
Beim Kaiser, dem Enkel, dem Angehörigen der Dynastie, die unter Wilhelm I. zu einer
Weltstellung emporgestiegen, dem Fürsten mit Prinzenerziehung und Anschauungen, in
die ein gewöhnlicher Sterblicher sich nicht hineindenken könne, liege die Sache anders;
aber wenn im Bürgertum Leute, dem Kaiser nachfolgend, von Wilhelm dem Großen
sprächen, so sei das entweder eine Gedankenlosigkeit, ermöglicht nur durch
die Gewöhnung an servile Gefolgschaft, oder (noch schlimmer) bewußter
Byzantinismus, eine elende Heuchelei. Ich griff noch besonders die Münchner
Stadtvertretung an, die in einem Telegramm an den Kaiser von Wilhelm dem Großen
gesprochen hätte. Wie beschämend das sei, zeige ein Vergleich mit dem Großherzog
von Baden, dem Schwiegersohn des alten Kaisers, der in seinem gleichzeitigen
Telegramm von Wilhelm dem Siegreichen gesprochen habe. Das war so weit alles schön
und gut, auch vollkommen unangreifbar. Nun aber hatte ich, gewohnt zu improvisieren,
keinen Schluß parat und improvisierte in diesem Fall sehr unglücklich. Um dem
Byzantinismus noch einmal einen Spiegel, den Spiegel der Zukunft, vorzuhalten, sagte
ich ungefähr: In diesen Tagen hat man ein Denkzeichen gestiftet mit der Aufschrift:
»Zum Gedächtnis Wilhelms des Großen.« Wenn nach Jahrzehnten einmal jemand diese
Medaille in die Hand bekommt, so wird er sich sagen: »Zum Gedächtnis einer
Lächerlichkeit und politischen Unverschämtheit.« Das war, abgesehen davon, daß es
stilistisch, wenigstens für mein Stilgefühl, miserabel formuliert war, sehr unvorsichtig;
denn da Wilhelm I. diese Medaille gestiftet hatte, konnte man die »Lächerlichkeit und
Unverschämtheit« auf ihn beziehen, während ich sie lediglich auf ein byzantinisches
Bürgertum bezogen haben wollte. Als ich nach Hause kam, sagte ich: »Heute ist mir

etwas Ärgerliches passiert. Ich fand die Adjektiva nicht, die ich brauchte, und aus dem, was ich sagte, können sie mir, wenn sie wollen, einen Strick drehen.« Dabei hatte ich den Kaiser wirklich nicht gemeint. Heute könnte ich's ja sagen, wenn's so wäre.

Es erfolgte denn auch, wie vorauszusehen, die Anklage und die Eröffnung des Hauptverfahrens.

Obschon Parteigenossen von mir in der Versammlung gewesen waren, die bereit waren, zu bezeugen, daß meine Schlußworte nach dem ganzen Zusammenhang nicht auf den Kaiser gingen, verzichtete ich darauf, sie laden zu lassen. Man weiß eben nie, was bei Zeugen herauskommen kann. Einzige Zeugen waren die beiden überwachenden Polizeibeamten. Deren Vernehmung gab dem Publikum Anlaß zu respektwidriger Heiterkeit. Der eine hatte die unter Anklage stehenden Schlußworte nicht mitgeschrieben; denn er sei von der Rede so gepackt worden, daß er das Mitschreiben vergessen habe. Der andere konnte seine Notizen nicht lesen, und die Sitzung mußte eine Viertelstunde unterbrochen werden, damit er sich in seinen Aufzeichnungen zurechtfand. Einer von ihnen, gefragt, ob er in meiner Rede eine Beleidigung des Kaisers gefunden hätte, antwortete: Nein, der Redner habe ja gar nicht vom regierenden Kaiser gesprochen. Als man ihm dann die Schlußworte vorhielt, meinte er kopfschüttelnd: Ja freilich, das müsse ja auf den Kaiser gehen. Ich versuchte dem Gericht an diesem Ergebnis des Zeugenverhörs klarzumachen, daß die Worte, die, isoliert vorgelesen, auch ich auf den Kaiser deuten würde, im Zusammenhang der Rede nicht auf ihn zu beziehen waren; der Beamte, nach seinem Gesamteindruck gefragt, habe Majestätsbeleidigung verneint und habe offenbar, als er die Rede hörte, sie auch in den Schlußworten nicht gefunden.

Diese Argumentation verfing nicht. Ich wurde zu 3 Monaten verurteilt, und zwar nicht, wie sonst in ähnlichen Fällen üblich war, zu Festung, sondern zu Gefängnis. Das war Rache für *Caligula*. Aus der Rede des Staatsanwaltes Dr. Guggenheimer, des späteren Direktors bei der Augsburg-Nürnberger Maschinenfabrik, ging das ganz deutlich hervor. Er fing sein Plädoyer damit an, daß ich der strafenden Gerechtigkeit immer entschlüpft sei, zuerst beim *Caligula* und dann noch oft mit der größten Keckheit, daß man mich jetzt aber glücklich gefaßt habe und nicht wieder entkommen lassen werde. Auch das Urteil des Gerichts nahm auf den *Caligula* Bezug, um zu begründen, daß mir die Majestätsbeleidigung zuzutrauen sei.

Jeder Jurist sagte mir, daß das ein klarer Revisionsgrund sei; das Reichsgericht werde das Urteil aufheben müssen, da es untersagt sei, im Urteil Bezug zu nehmen auf Tatsachen, die nicht Gegenstand der Verhandlung gewesen seien. Das Reichsgericht lehnte aber die Revision ab: die Bezugnahme auf den *Caligula* sei freilich unzulässig, aber sie sei für das Urteil unwesentlich. Es blieb bei den drei Monaten Gefängnis.

Meine Verurteilung trug dazu bei, die Erinnerung an den *Caligula* wieder zu beleben. Unter den Zeugnissen dessen, die ich jetzt unter alten Papieren gefunden habe, ist auch die hier abgebildete Zeichnung mit der Unterschrift »Jung-Ajax verschlingt seinen Quidde« aus *The Weekly Times and Echo*. In dem beigefügten Text heißt es:

> »Prof. Quidde von München beging Majestätsverbrechen an
> Seiner Majestät und hat geziemenderweise drei Monate
> dafür erhalten. Das schreckliche Löwenmaul auf der
> Gigantentreppe in Venedig war nichts gegenüber dem von
> Jung-Ajax. Es symbolisiert passenderweise die geräumige
> Gefängniseinrichtung, bestimmt für Leute, die des Kaisers
> unbegrenzte Vortrefflichkeit nicht zu schätzen wissen. In
> Deutschland kann man wahrhaftig davon mit den Worten des
> Propheten sprechen: ›Die Hölle hat ihren Schlund weit
> aufgesperrt‹ – oder den des Kaisers, was ungefähr das gleiche
> ist.«

Ich habe meine drei Monate in Stadelheim vom 10. Juli bis 10. Oktober abgesessen. Mir kam die Sache mehr komisch als ernsthaft vor. Niemals habe ich so viel stillvergnügt für mich gelacht. Die Gefängnisdiener sagten zu meiner Frau, die mich ein paarmal hinter einem Drahtgitter sehen durfte, einen so »liebenswürdigen, immer gleich freundlichen« Gefangenen hätten sie noch nicht gehabt. Dabei war, trotzdem man sichtlich bestrebt war, meiner Stellung als politischer Gefangener Rechnung zu tragen, manches recht unangenehm. Von meinen Gefängniserlebnissen erzähle ich wohl ein andermal.

Als ich am 10. Oktober gegen Mittag herauskam, fuhr ich direkt auf den Parteitag der Deutschen Volkspartei in Ulm; man hatte ihn meinetwegen einige Wochen später angesetzt, als sonst üblich war. Den Empfang kann man sich vorstellen. Ich mußte natürlich beim Begrüßungsabend sprechen und sagte unter anderem: »Ich komme, wie Sie wissen, aus dem Gefängnis, wegen einer Majestätsbeleidigung, die ich *nicht* begangen habe. Das schmerzt mich, wenn ich daran denke, eine wie schöne Majestätsbeleidigung man für 3 Monate Gefängnis schon hätte verüben können!« Als ich im Lauf der Rede, ohne schon am Schluß zu sein, auf die Freiheit zu sprechen kam, stimmte die Militärkapelle, die für den Abend genommen war, einen Tusch an. Conrad Haußmann zog aus meiner Rede den Schluß, die Besserungstheorie des Strafrechts sei durch diese Erfahrung glänzend widerlegt; ich sei ja schlimmer herausgekommen als hineingegangen. In einer wie freiheitlichen Stadt wir aber tagten, zeige die Tatsache, daß eine Militärkapelle von selber Tusch blase, wenn ein entlassener Gefangener von der Freiheit spreche. Dem Militärkapellmeister wurde die Erlaubnis, am nächsten Tag zu unserem Mittagessen zu spielen, entzogen.

Von Ulm fuhr ich nach Ostpreußen, um alte Freunde zu besuchen. Auf der Rückreise sollte ich in Berlin in einer vom dortigen Demokratischen Verein berufenen großen Versammlung über Majestätsbeleidigung sprechen. Kaum hatte ich angefangen: »Die Majestätsbeleidigung war im römischen Recht . . .«, da erhob sich der überwachende Polizeibeamte, setzte den Helm auf und erklärte die Versammlung auf Grund von § 2 des Preußischen Vereinsgesetzes für aufgelöst. Es war die reine Willkür; denn in § 2 stand nur, daß politische Vereine ihre Versammlungen anzeigen müßten. Auf die eingelegte Beschwerde kam der Bescheid, der Demokratische Verein in Berlin habe nur eine kleine Zahl von Mitgliedern; eine Versammlung von vielen Hunderten könne deshalb nicht als eine Versammlung des Vereins gelten. Die Behörde dachte wohl, mich mit diesem Verbot los zu sein; aber sie hatte nicht mit meiner und der Berliner

Demokraten Zähigkeit gerechnet. Einige Wochen später kam ich zu einer neu berufenen Versammlung eigens von München wieder nach Berlin. Der gleiche Verlauf wie vor einigen Wochen. Auflösung auf Grund des § 2 des Vereinsgesetzes. Aber dieses Mal hatten wir uns vorgesehen. In dem Moment, da der Polizeileutnant die Auflösung aussprach, erschienen Leute im Saal, die auf Stangen große Plakate trugen: »In einer halben Stunde findet im gleichen Saal eine neue Versammlung mit dem gleichen Thema und dem gleichen Referenten statt.« Als der letzte Besucher den Saal geräumt hatte, strömte das Publikum wieder herein. Der Polizeileutnant und seine Untergebenen blieben der Einfachheit wegen gleich auf ihren Plätzen. Die neue Versammlung war nicht vom Demokratischen Verein, sondern von einem Herrn Lehmann einberufen. Nun durften auch Frauen teilnehmen, die nach dem Preußischen Vereinsgesetz wohl von politischen Vereinen und deren Versammlungen, aber nicht von sonstigen Versammlungen ausgeschlossen waren. Ich fing wieder an: »Die Majestätsbeleidigung war nach römischen Recht . . .« Das ganze Publikum blickte auf den Polizeileutnant, ob er wohl wieder aufstehen, den Helm aufsetzen und auflösen werde. Aber er blieb sitzen. Wir konnten die Versammlung ruhig zu Ende führen, dank der Auffassung der Polizei: daß der einzelne Herr Lehmann mehr Rechte hätte als der Demokratische Verein. Mit solchem Unfug hatten wir uns damals herumzuschlagen. Zwei Beamte schrieben mit fieberhaftem Eifer nach, während ein dritter unentwegt Bleistifte spitzte; aber es passierte nichts. Die Rede war bei aller Schärfe unangreifbar.

Ich hatte ein neues Thema für meine Versammlungspropaganda gewonnen. Das Hauptgewicht legte ich immer darauf, daß harmlose Leute, wenn irgendein elender Kerl den Denunzianten machte, mit einer Majestätsbeleidigung, die politisch ganz bedeutungslos sei, hereinfallen und ins Gefängnis wandern, während ein erfahrener Journalist und Versammlungsredner, wenn er ein wenig vorsichtig sei und nicht so leichtfertig improvisiere wie ich an jenem Abend, alles sagen könne, was er sagen wolle, ohne gefaßt zu werden. Die Pest der Majestätsbeleidigungsprozesse, die damals wütete, war wirklich etwas, was jeden rechtlich Denkenden empören mußte. Freuen wir uns, daß wir sie jetzt los sind.

Zum Dessert dieses Abschnitts nur noch ein Nachspiel aus der Kriegszeit. Ich drucke eine Erklärung von mir ab, die wohl keiner Erläuterung bedarf.

Eine offene Antwort

Verschiedene Zeitungen bringen einen, übrigens mir persönlich nicht zugegangenen, »offenen Brief an den bayerischen Landtagsabgeordneten Dr. Quidde«, unterzeichnet von einem Dr. Otto Schaeffer. Darin werden an mich drei Fragen gestellt, die ich bitte, an dieser Stelle beantworten zu dürfen.

Erste Frage: Ob ich der Professor Quidde sei, der vor Jahren die Broschüre *Caligula* geschrieben? Antwort: Ja.

Zweite Frage: Ob ich als Verfasser dieser Schrift wegen Majestätsbeleidigung zu Gefängnis verurteilt sei? Antwort:

Nein. Wegen des *Caligula* ist überhaupt kein Strafverfahren gegen mich eröffnet worden. Meine Verurteilung wegen Majestätsbeleidigung zu 3 Monaten Gefängnis erfolgte zwei Jahre später wegen einer Äußerung, die ich in einer Versammlung bei Bekämpfung der damals aufkommenden Bezeichnung »Wilhelm der Große« und des sich dabei breit machenden Byzantinismus getan hatte.

Dritte Frage: Ob ich der Mann sei, der nach der Verurteilung seine Strafe nicht abgesessen habe, sondern an den Beleidigten habe »ein Gnadengesuch einreichen lassen, weil er die Gefängnishaft wohl nicht ertragen könne, da er lungenkrank (d. h. doch wohl schwindsüchtig) sei«? Antwort: Ich habe meine drei Monate Gefängnis abgesessen und freue mich dessen noch in der Erinnerung; ich habe niemals für mich ein Gnadengesuch eingereicht oder einreichen lassen, weder an den Kaiser, noch an den dafür zuständigen Landesherrn.

Der Verfasser des offenen Briefes ruft mir nach der Räubergeschichte von meinem »Jammergesuch« pathetisch und in Sperrdruck zu: »*Waren Sie der Mann, Herr Professor? Ja, Sie sind der Mann!*« Ich erlaube mir die bescheidene Gegenfrage an den Doktor Schaeffer: *Sind Sie der Mann, der leichtfertig Unwahrheiten in der Tagespresse verbreitet? Ja, Sie sind der Mann!*

München, 30. September 1917

L. Quidde

Wilhelm II.

Was ich mit dem *Caligula* gewollt und gemeint habe, kann ich heute ja ohne Rücksicht auf den Staatsanwalt aussprechen. Auch heute aber muß ich an erster Stelle wiederholen, was in meiner »Erklärung« vom 23. Mai 1894 steht, daß es mir höchst zuwider war, die Schrift durch die *Kreuzzeitung* in die Sphäre der persönlichen Skandalsucht hineingezogen zu sehen. Was ich bezweckte, war etwas sehr Ernsthaftes: das deutsche Volk zu warnen vor den Gefahren, die in der unberechenbaren, einer konsequenten Politik unfähigen und oft an die Grenze geistiger Abnormität streifenden Persönlichkeit des Kaisers lagen, gleichzeitig den Byzantinismus, die Charakterlosigkeit und den Servilismus zu bekämpfen, mit dem nicht nur (wie wir heute nach Veröffentlichung der Memoirenwerke noch viel besser wissen als damals) die nächste Umgebung des Kaisers, sondern große Teile der Bevölkerung das Selbstbewußtsein und die tolle Überhebung des Monarchen förmlich züchteten und seine Unberechenbarkeit erst zu einer das Leben des Reiches bedrohenden Gefahr machten.

Ich habe die in die Augen fallenden Ähnlichkeiten mit den Berichten römischer Schriftsteller über Caligula benutzt, um dem Leser klarzumachen, wie bedenklich bezeichnend diese Züge im Charakter und in der Handlungsweise des Kaisers seien, Züge, über die man im Publikum sich wunderte, sich ärgerte, lachte, spottete, auch entrüstete, ohne sich aber klarzumachen, wie ernst man sie doch als Symptome einer dem Ernst des öffentlichen Lebens nicht gewachsenen Persönlichkeit an so hoher Stelle zu nehmen habe.

Wilhelm II. teilte mit Caligula das Spielerische, die Neigung, zu posieren, zu glänzen, die nervöse Hast, die sprunghaft und widerspruchsvoll von einem Gegenstand zum andern eilt, den Glauben, alles selbst zu wissen und zu können, die Sucht, alles selbst auszuführen, die Mißachtung fast jeder selbständigen Kraft, die dilettantische Besserwisserei und die Geringschätzung ernster Sachlichkeit und Sachkunde, die Prunk- und Verschwendungssucht, die sich besonders auf Bauten wirft, das Gefallen an kriegerischem Schaugepränge, an spielerischen Manövern, die auf theatralischen Schein hinauslaufen, die Neigung, rednerisch zu glänzen und mit Kraftworten den Menschen imponieren zu wollen (»oderint dum metuant«), die Vorliebe für Äußerungen, die einem Bramarbas besser anstehen als einem seiner Stellung bewußten Herrscher, die komödiantische, in Äußerlichkeiten sich gefallende Art, die sich auch in fortwährendem Wechsel der Kleidung betätigt, die Berufung endlich auf göttliche Sendung in Wendungen, denen nicht viel am Anspruch auf Gottähnlichkeit fehlt.

Wie viele von Caligula berichtete Einzelheiten, oft ganz unbedeutender Art, genau auf Wilhelm II. passen, war förmlich unheimlich. Meine Schrift war deshalb voll von Anspielungen, die man heute nicht mehr verstehen wird. Mir selbst geht es so. In alten Zeitungsausschnitten fand ich zu der Bemerkung meiner Schrift, Caligula habe einen Offizier, der seineUnzufriedenheit erregt hatte, mit einem ganz inhaltlosen Briefe an König Ptolemäus nach Mauretanien geschickt, die kritische Glosse, weshalb ich nicht lieber gleich gesagt hätte, an den Sächsischen Hof nach Dresden. Ich habe heute keine Ahnung mehr, um was es sich dabei handelt. So wird es vielen Lesern noch mehr als mir selbst mit vielen Stellen ergehen. In welch geradezu verblüffendem Grade Parallelen sich darboten, zeigt eine Korrespondenz, die ich nach Erscheinen des *Caligula* mit einem Münchner Kollegen hatte. Nicht lange Zeit vorher hatte der Kaiser die Schack-Galerie, die ihm durch Testament des Grafen Schack zugefallen war, der Stadt München als Geschenk überlassen. Der Kollege schrieb mir, so viel ich auch von Caligula berichten könnte, was an die Gegenwart erinnerte, so würde ich doch sicherlich nicht behaupten können, daß Caligula einer italienischen Provinzialstadt eine Gemäldesammlung oder ein Museum geschenkt habe. Ich konnte ihm prompt eine Stelle aus einem der römischen Autoren zitieren, in der von einer ganz ähnlichen Schenkung berichtet wurde. Ich habe im Augenblick nicht die Zeit, nach der Stelle wieder zu suchen, und es kommt ja auch nicht darauf an.

Um recht zu würdigen, wie bedenklich die doch nicht nur auf Äußerlichkeiten beschränkte Ähnlichkeit Caligula–Wilhelm II. war, muß man sich an die Dinge erinnern, mit denen damals und später Wilhelm II. die Welt in Erstaunen setzte. Es waren oft nur kindische, oft aber auch sehr gefährliche Extravaganzen. Die heute Lebenden wissen zum Teil nichts mehr davon, wie er in der Nacht die Garnisonen alarmierte, wie er in militärische Dinge mit immer neuen Verordnungen, oft der kleinlichsten Art, eingriff, wie er bei Manövern sich nicht als Oberster Kriegsherr zurückhielt, sondern als Führer einer Partei auftrat und glänzende Manöversiege erfocht (nach den neueren Veröffentlichungen auch in den Kriegsspielen, die zu sehr ernstem Zweck in der Armee gepflegt wurden), wie er sich nicht genug tun konnte in Prunk und Repräsentation, wie er es für nötig hielt, zu jedem Anlaß in der dazu passenden Uniform zu erscheinen (man behauptete, daß er zu einer Dampferfahrt auf dem Wannsee Marineuniform angezogen habe, und daß es nichts Seltenes sei, wenn er am Tag mehrmals die Kleidung wechsle), wie er es schicklich fand, den Minister Scholz, der es nur zum Einjährigen oder Unteroffizier gebracht hatte, zum Leutnant zu ernennen, wie er (ein Beweis seiner inneren Unsicherheit) bald Menschen, besonders auch ausländischen Herrschern, schmeichelte, bald sie durch Taktlosigkeiten vor den Kopf stieß, wie er seine Energie sich in großen Worten austoben ließ, um dann oft genug, wenn er auf ernste Hindernisse stieß, einen Rückzug anzutreten, wie er es liebte, als Mann in den Dreißigern den überlegenen, fürsorglichen Landesvater zu spielen, und wie er sich dann wieder wie ein grimmer Tyrann gebärdete, wie er den Soldaten sagte, sie müßten auf seinen Befehl auf Vater und Mutter schießen, wie er von dem Bewußtsein seiner gleichsam göttlichen Mission sprach und dem Volk erzählte, er führe es herrlichen Zeiten entgegen, wie er die Nörgler, die an seine göttliche Sendung nicht glauben wollten, aufforderte, auszuwandern und den Staub von den Pantoffeln zu schütteln, wie er die ganze Sozialdemokratie als Reichsfeinde behandelte, wie er auf der anderen Seite aber auch alle jene vor den Kopf stieß, die in der Neugründung des Reiches das Werk Bismarcks und daneben auch Moltkes verehrten, indem er alles Verdienst seinem Großvater zuschrieb, neben dem alle anderen nur des großen Kaisers Handlanger gewesen seien, wie er unter offenbarer Anspielung auf die Widerstände, die er bei Bismarck gefunden hatte, drohte, wer sich ihm entgegenstelle, werde er zerschmettern, wie er aber zugleich das Ausland in Unruhe versetzte, indem er waffenklirrende Reden hielt und bei den unpassendsten Gelegenheiten mit dem Säbel rasselte, wie er später Deutschland vor der ganzen Welt bloßstellte, indem er den nach China abgehenden Soldaten empfahl, keinen Pardon zu geben und ein Andenken wie vor Jahrhunderten die Hunnen zu hinterlassen, so daß noch nach tausend Jahren kein Chinese wagen solle, einen Deutschen schief anzusehen.

Es ist ja gar nicht zu ermessen, welchen Schaden der Kaiser mit seinen Reden im Innern und nach außen angerichtet hat. Und dabei kam nur ein Teil dessen, was er für die Öffentlichkeit bestimmt hatte, in die Öffentlichkeit. Seine Umgebung, insbesondere die verantwortlichen Männer, waren oft genug in Angst, was er wohl sagen würde, und darauf vorbereitet, das Bedenklichste zu unterdrücken. Vom Fürsten Bülow erzählten Journalisten, daß er bei einem bestimmten Anlaß gesagt habe, zum Glück habe die Welt ja nicht alles erfahren; aber es dringe noch immer viel zu viel durch; mehr als zweimal am Tage könne er ihn unmöglich trockenlegen.

Über die Persönlichkeit als Ganzes ist ja nicht leicht zu urteilen. Mit einem einfachen Verdammungsspruch ist es nicht getan. Gar nicht zu bestreiten ist, daß der Kaiser eine ungewöhnlich reich und vielseitig begabte Persönlichkeit ist, ausgestattet mit rascher Fassungsgabe und mit mannigfachen Interessen. Aber er ist der geborene Dilettant, der auf Grund zufällig erworbener, oft zusammenhangloser Kenntnisse alle Fragen zu beherrschen glaubt, über alles redet, als ob er ein Fachmann sei, auch in alles glaubt eingreifen zu können. Das ist zugleich das Kennzeichen der Halbbildung. Während der wahrhaft Gebildete immer mehr die Grenzen seines Wissens erkennt und dadurch bescheidener wird, verführt die Halbbildung zur Anmaßung und zur Leichtfertigkeit des Urteils auch über die schwersten und verwickeltsten Probleme. Ich habe diese Gedanken einmal in aller Öffentlichkeit und unter den Augen eines überwachenden Polizeibeamten auszuführen versucht, als ich von den damaligen Nationalsozialen nach einem Vortrag Naumanns über den Kaiser zu einem rednerischen Zweikampf herausgefordert wurde. Naumann lebte ja damals noch dem Glauben, nicht nur Demokratie und Kaisertum miteinander versöhnen zu können, sondern auch auf Wilhelm II. für die Durchführung seiner Ideale rechnen zu dürfen. Er ist dann später wohl sehr gründlich von dieser Auffassung zurückgekommen.

Es wäre unrecht, nicht auch sympathische Züge der Persönlichkeit anzuerkennen. Oft konnte man Leute treffen, die von seiner Liebenswürdigkeit ganz gefangengenommen waren. Ich erinnere mich der Rede, die er bei der Hochzeit seiner Tochter mit dem Braunschweiger Herzog gehalten hat. Sie war herzgewinnend, auch ganz einfach und natürlich.

Gegen manche Zeugnisse, die seine Liebenswürdigkeit und Jovialität preisen, muß man freilich sehr mißtrauisch sein; denn oft erhielt man bei näheren Nachfragen ein Bild, das keineswegs anziehend war. Er liebte burschikose, ja mehr als burschikose Scherze, auf Kosten der Teilnehmer einer Gesellschaft, seiner Gäste. Das reizend zu finden, dazu gehörte oft ein durch Untertanengeist verdorbener Geschmack. Andere fanden es geschmacklos, entwürdigend für des Kaisers Gäste, würdelos für ihn. Es gab ja aber Leute genug, die sich geehrt fühlten, wenn sie gewürdigt wurden, das Objekt verletzender Späße oder kränkender Kritik zu sein – wenn sie nur beachtet wurden. Jemand, den ich gut gekannt habe, gehörte zu den Günstlingen des Kaisers, war aber vorübergehend in Ungnade gefallen. Eines Tages kam er frohlockend: Jetzt bin ich wieder obenauf; der Kaiser hat an den Rand eines von mir herrührenden Schriftstückes geschrieben: »S. ist ein Esel.«

Oft ist davon gesprochen worden, daß er fast nur von Schmeichlern umgeben war und selten ein Wort freimütiger Kritik zu ihm drang. Man konnte ihm offenbar mit ganz dick aufgetragenen Schmeicheleien kommen, ohne daß er dadurch abgestoßen wurde. Freimütige ernsthafte Kritik wurde in manchen Fällen gut aufgenommen. Fürst Eulenburg konnte sie im Vertrauen auf des Kaisers Freundschaft wagen. Der jüngere Moltke hat sie einmal mit Nachdruck und Erfolg an den Manöver- und Kriegsspielkomödien geübt. Im allgemeinen bleibt es aber doch dabei, daß Schmeicheleien ihn in eine immer maßlosere Überschätzung seiner Persönlichkeit hineinsteigerten, und daß für nüchterne Kritik kein Raum war.

Es scheint mir auf ihn, mutatis mutandis, d. h. mit starken Abschwächungen, aber doch in den charakteristischen Grundzügen zuzutreffen, was von Caligula gesagt wurde, daß er über Schmeichler und Freimütige sich zugleich ärgerte und freute, daß er sich manchmal die schlimmsten Dinge sagen ließ, bald über Nichtigkeiten auf das Äußerste aufgebracht war. Eben jenen Günstling, von dem schon die Rede war, fragte er in einer Herrengesellschaft, als die Schrift seines Erziehers Hinzpeter über ihn erschienen war, was er dazu sage. »Verlangen Majestät, daß ich die Wahrheit sage?« »Natürlich, weshalb würde ich Sie sonst fragen?« »Majestät wissen, ich bin ein treuer Diener meines kaiserlichen Herrn; aber was zu viel ist, ist zu viel, eine so widerwärtige Schmeichelei ertrage ich nicht.« »Sie sind aber grob!« »Ja, Majestät, die Wahrheit über alles.« Alles war starr; aber der Kaiser blieb guter Laune. Die Keckheit der Äußerung war nicht Männerstolz vor Königsthronen, sondern ein klug, vielleicht instinktiv, auf Verblüffung berechneter und gelungener Versuch, zu imponieren. Ich würde die Geschichte nicht glauben, wenn sie mir nur der als Renommist bekannte Günstling des Kaisers erzählt hätte. Sie wurde mir aber, fast wörtlich übereinstimmend, von anderer, unbedingt zuverlässiger Seite bestätigt.

In vielen Äußerungen, die vom Kaiser überliefert sind, spricht sich ein, gelinde gesagt, wenig vornehmer Geschmack aus. Von echter innerer Vornehmheit war oft nichts zu spüren. Herrisch und hochfahrend? Ja. Vornehm? Nein.

Alle unsere bürgerlichen Vorstellungen von Wohlerzogenheit überschreitet, was er sich gegen seine Umgebung herausnahm an Geschmacklosigkeiten, wie wenn er z. B. einem hohen Offizier die Gnade erwies, das Getränk, das dieser trinken wollte, mit seinem Finger umzurühren, oder an Vergewaltigungen, wie wenn er erwachsenen selbständigen Mitgliedern des königlichen Hauses, da sie ein Verbot, Schlittschuh zu laufen, übertreten hatten, Hausarrest diktierte und Soldaten ihnen vor die Tür stellte.

Vorgänge in seinem Privatleben gehen uns ja an sich nichts an; wohl aber interessieren sie uns unter dem Gesichtspunkt, daß darin Eigenschaften hervortreten, die für sein öffentliches Wirken so bedenklich waren: die Neigung zu Taktlosigkeiten und Übergriffen.

Damit hat er Deutschland in seinen internationalen Beziehungen unsagbar viel geschadet. Man denke nur an das Verhältnis zu England und zu der ihm verwandten

Königsfamilie, zur Großmutter Viktoria, zum Onkel Eduard einerseits und zu Rußland und »Niki« andererseits.

Zur Taktlosigkeit tritt als der unsympathischste aller Charakterzüge eine aus dem steten Posieren, auch bei den wichtigsten Gelegenheiten, sich ergebende Unwahrhaftigkeit von geradezu groteskem Ausmaß. Kann es etwas Abstoßenderes geben als seine Haltung bei Bismarcks Entlassung? Zuerst drängt er ihn in verletzendster, jedem Schicklichkeitsgefühl Hohn sprechender Weise zur Einreichung seines Entlassungsgesuches. Es kann ihm gar nicht schnell genug gehen. Dann, als er glückselig ist, endlich das Joch abgeworfen zu haben, telegraphiert er dem Großherzog von Sachsen-Weimar: »Mir ist so weh ums Herz, als hätte ich noch einmal meinen Großvater verloren. Aber von Gott Bestimmtes ist zu ertragen, auch wenn man daran zugrunde gehen sollte.«

Das für die Leitung der nationalen Geschicke schlimmste Element in ihm war vielleicht die Unberechenbarkeit und Sprunghaftigkeit seines Handelns. Er hatte oft genug überhaupt kein festes, konsequentes Wollen, sondern nur Wallungen.

Das ist, wie in vielen, vielen anderen Fällen auch zu beobachten in seiner Haltung vor Ausbruch des Krieges. Wenn man einen Teil seiner Randbemerkungen zusammenstellt, so gewinnt man das Bild eines besonnenen durchaus auf Erhaltung des Friedens bedachten Mannes. In anderen Bemerkungen aber, und zwar aus den gleichen Tagen, tritt uns eine Persönlichkeit entgegen, die sich mit größter Brutalität und Verantwortungslosigkeit über alles hinwegsetzt. Und dabei die Form eines Teils dieser Randbemerkungen! Auf welchem tiefen Niveau des Geschmacks und des Gefühllebens!

Zu Anfang des Krieges habe ich im neutralen Ausland viel die Meinung gefunden, der Kaiser sei der Hauptschuldige, der ihn herbeigeführt habe. Ich habe das immer, auch ehe das heute bekannte Aktenmaterial vorlag, auf das entschiedenste bekämpft. Er hat gewiß nicht auf den Krieg bewußt hingearbeitet. Dafür hatte er schon, wie ein guter Beobachter zu sagen pflegte, seine Regimenter und seine Schiffe viel zu lieb. Die waren ihm ja, als Spielzeuge für seine Manöver und Paraden, viel zu schade, um im Krieg gefährdet zu werden. Er führte oft genug, zu seinem und zu unserem Schaden, kriegerische Reden, »das Schwert im Munde«, um Bethmann Hollwegs gegen Herrn v. d. Heydebrand gerichtete Worte zu zitieren; aber er war weit entfernt davon, das Schwert ziehen zu wollen und konnte sich viel eher mit Recht rühmen, ein Friedensfürst zu sein.

Ich weiß zufällig von zwei verschiedenen Gelegenheiten, bei denen er in vertraulichem Gespräch, wo es nicht auf den Eindruck nach außen ankam und er sich ungezwungen geben konnte, sein tiefes Gefühl für den Wert des Friedens und seinen Abscheu vor einer auf Krieg ausgehenden Politik aussprach. Die berühmte Rede, die er in Bremen gehalten hat, entsprach wirklich mehr seiner Gesinnung als das auf Wirkung berechnete und in der Wirkung – ach! – so fehlgehende Bramarbasieren.

Nicht durch konsequentes Handeln und Wollen, was seiner Natur ganz fernlag, wohl aber durch seine Unzuverlässigkeit, durch seine Neigung zu Provokationen und durch seine allen vernünftigen Überlegungen unzugängliche Flottenpolitik ist er mitschuldig geworden an der Entstehung der politischen Atmosphäre, aus der der Krieg entstand. Unschuldig ist er im Sinn der Anklage, die noch im Versailler Vertrag gegen ihn erhoben wurde, vertreten von Leuten, die zum Teil schuldiger waren als er. Schuldig ist er, weil er in den entscheidenden Tagen nicht die Kraft seiner besseren Einsicht hatte. Schuldig ist er vor dem deutschen Volke, da er das Kapital von internationalem Vertrauen auf deutsche Politik, das er übernahm, statt es zu mehren, verwirtschaftet und damit das Unheil über uns heraufbeschworen hat.

Aber daran ist das deutsche Volk nicht ohne schwere Mitschuld, besser gesagt: ein großer Teil des deutschen Volkes in allen seinen Schichten.

Wie böse es in der nächsten Umgebung des Kaisers aussah, wurde schon erwähnt. Heute wissen wir, daß es damit noch schlimmer und verächtlicher stand, als wir damals ahnen konnten. Veröffentlichungen, die seit dem Zusammenbruch erfolgt sind, zeigen uns, daß gar mancher in dem Kreise, der dem Kaiser schmeichelte, schlimmer über ihn dachte als der Verfasser des *Caligula*.

Ein Gegengewicht, möchte man meinen, hätte die auf ihre wissenschaftliche und geistige Unabhängigkeit so stolze Welt der Gelehrten und Künstler bieten müssen. Gewiß gab es in ihr unabhängige Geister, die entweder unbekümmert um das offizielle Treiben ruhig ihrer Arbeit nachgingen oder auch, wenn diese ihre Kreise störte, mutig protestierten. Aber wieviel Byzantinismus daneben, groß geworden schon im vorangegangenen Menschenalter, als die Anbetung des Erfolges um sich griff und Männer, die früher aufrecht standen, den Rücken vor den Hohenzollern oder vor dem eisernen Kanzler bis zur Erde beugten!

Unabhängige Künstler wissen davon zu erzählen, wie viele ihrer Kollegen sich dem von ihnen innerlich zum mindesten belächelten dilettantischen, nur auf Glanz und Repräsentation gerichteten Geschmack des Kaisers anpaßten. Aus der Gelehrtenwelt erwähne ich nur ein Beispiel, das mir gerade in den Sinn kommt. Bei einer akademischen Feier an einer deutschen Universität sagte der Festredner: Was den deutschen Gelehrten erhebe, sei das Bewußtsein, daß streng, aber gerecht auf der Arbeit eines jeden von uns das Auge unseres erhabenen Herrschers ruhe. Gewiß waren so ekelhafte Äußerungen der Knechtseligkeit eine Ausnahme; aber daß sie überhaupt möglich waren, sogar möglich, ohne einen Sturm der Entrüstung zu erregen, ist schon schlimm genug.

Was konnte man in vielen, gut bürgerlichen Kreisen nicht für Kaisertoaste erleben! Zum Übelwerden! Und dabei waren es im übrigen Leben ganz ehrenwerte, anständige Leute, die sich so erniedrigten. Die Empfindung dafür, das Bewußtsein der Unwahrhaftigkeit oder Würdelosigkeit war ganz verloren gegangen. Den einzigen würdigen Kaisertoast habe ich in der Königshalle in Königsberg (dem vornehmsten Lokal der Stadt) vom kommandierenden General bei der Feier des Krönungstages (18. Januar) gehört: »Der alten Sitte gemäß erheben wir unser Glas und trinken auf das Wohl Seiner Majestät des Kaisers und Königs. Kaiser Wilhelm lebe hoch!«

Wie sündigte nicht ein großer Teil der Presse! Wenn der Kaiser sie las, besonders bei festlichen Anlässen, mußte er glauben, ein wahrer Halbgott zu sein, überall geliebt und bewundert. Eine an sich unbedeutende, aber bezeichnende, komische Kleinigkeit ist bei mir haften geblieben. Manche Zeitungen hatten sich so daran gewöhnt, von Wilhelm I. als dem »Heldenkaiser« zu sprechen, daß sie schon gar nicht mehr wußten, daß es eigentlich »Kaiser« hieß, und daß sie munter weiter das Klischee auf Wilhelm II. als »Heldenkaiser« Nr. 2 anwandten.

Und die Volksmassen? Wie dicht standen sie, und wie jubelten sie ihm zu, wenn er, von Exerzierübungen oder einer Parade zurückkehrend, an der Spitze seiner Regimenter durch das Brandenburger Tor einzog! Daß viele von ihnen dem Umzug eines Zirkus ähnlich zugejubelt hätten, sagte er sich sicher nicht. Seine Umgebung wird ihn darin bestärkt haben, daß das alles Bekundung einer ungemessenen Bewunderung sei. Ebenso und noch mehr, wenn er unterwegs war und überall festlich empfangen wurde. Bei seiner Reiselust kam er aus den Huldigungen gar nicht heraus.

Was wollte die Kritik in der Presse und in den Reden der Opposition dagegen besagen? Das erschien als gehässiges Nörglertum, und angesichts des stetig fließenden Stromes begeisterter Huldigungen konnte man diese Auffassung dem Kaiser nur zu leicht suggerieren.

Nur einmal schlug das um, mit elementarer Gewalt, und da gerade aus einem Anlaß, bei dem der Kaiser relativ am wenigsten im Unrecht war. Alle Älteren erinnern sich des furchtbaren Sturmes, der gegen ihn losbrach nach dem *Daily-Telegraph*-Interview im Jahre 1908, in dem der Kaiser unter anderem die Engländer daran erinnerte, daß er ihnen einen Feldzugsplan zur Niederwerfung der Buren gemacht haben wollte. Das war ja haarsträubend, besonders in Erinnerung an das berühmte Krüger-Telegramm, das die Buren ermutigt und, wie mir selbst Buren gesagt haben, in den Krieg voll Vertrauen auf die Hilfe des deutschen Kaisers hineingetrieben hatte. Aber der Kaiser war insofern unschuldig, als er gerade in diesem Falle nicht auf eigene Hand gehandelt hatte, sondern das Manuskript durch des Reichskanzlers Hände gegangen war. Ja, einer der Nächstbeteiligten hat mir erzählt, daß Bülow der Urheber der Aktion war. Als sie mißglückte und nun wirklich alles über den Kaiser herfiel, von der äußersten Rechten bis zur äußersten Linken, deckte Bülow den Kaiser nur sehr unvollkommen und benutzte die Gelegenheit vielmehr, um sich auf das Piedestal eines Vertreters der Volksstimmung gegen den Kaiser zu stellen. Der Kaiser mußte geloben, künftig vorsichtiger und schweigsamer zu sein. Es war die schlimmste Demütigung, die einem Hohenzollern widerfahren war, seit Friedrich Wilhelm IV. sein Haupt vor den Leichen der Barrikadenkämpfer entblößen mußte. Begreiflich, daß der Kaiser das Bülow nie verziehen hat. Ich habe mich damals sehr zurückgehalten, da ich mit meinem Freunde Venedey einen Widerwillen dagegen empfand, mit einzustimmen, »wo jeder dreckige Kerl seine Stiefel am Kaiser abwischte«.

Ich habe so ausführlich von diesen Dingen gesprochen, weil die Verächtlichmachung des Byzantinismus, der monarchistischen Liebedienerei, ein Hauptzweck des *Caligula* war und ich noch heute das Bedürfnis fühle, die Schrift auch nach dieser Seite hin zu erläutern.

Die Hauptsache ist aber doch, aus dem *Caligula* und aus dem Rückblick auf die Kaisergestalt Wilhelms II. zu lernen, wie gefährlich es ist, in einem Volke ohne feste demokratische Tradition eine solche Summe von Gewalt in die Hände eines Mannes zu legen, den der Zufall der Geburt, der Abstammung, an die höchste Stelle im Staat stellt. Die furchtbare Gefahr liegt darin, daß jahrzehntelang Persönlichkeiten bestimmend für das Geschick ganzer Völker werden können, denen jede, aber auch jede Eignung dafür fehlt. Die Geschichte fast aller Dynastien in allen Ländern bietet dafür Beispiele. Daß Wilhelm II. nicht alleinsteht oder auch nur alle anderen Vertreter dieses Typus an Gefährlichkeit für das Gemeinwohl überragt, versteht sich von selbst.

Der Wiederkehr solcher Möglichkeiten in Deutschland, der Wiederkehr der Monarchie gilt es vorzubeugen, nachdem uns der Zusammenbruch von 1918 unerwartet die Republik gebracht hat.

Gewiß ist diese Republik nichts weniger als vollkommen. Oft denke ich des Ausspruchs eines französischen Republikaners aus der Zeit der Dritten Republik: »O comme elle était belle, la république – sous l'empire!« (O wie war sie schön, die Republik – unter dem Kaiserreich!) Die Republik hat mit den Folgen des Krieges und des Versailler Friedens eine böse Erbschaft übernommen, die wirtschaftliche Not und die ganze Verwilderung des Rechtsbewußtseins, die der Krieg mit sich gebracht hat. Sie leidet dazu an der Schwäche, daß man zunächst eine Republik ohne Republikaner organisieren mußte, und daß die Republikaner viel zu nachsichtig, viel zu duldsam, viel zu vertrauensselig waren. Französische Republikaner, die mit Deutschland sympathisieren, haben mir oft gesagt, sie begriffen nicht, daß wir die Angehörigen der gestürzten Dynastien oder wenigstens die Thronprätendenten unter ihnen nicht des Landes verwiesen hätten, daß wir nicht gründlich Kehraus in den oberen Verwaltungsstellen gemacht, ja munter weiter reaktionäre Leute an einflußreiche Stellen befördert, daß wir nicht auch nach den tollen Erfahrungen mit der politischen Justiz für einen gewissen Zeitraum die Unabsetzbarkeit der Richter aufgehoben hätten, um erst einmal Herren im Hause der Deutschen Republik zu werden.

Wir wissen ja, wie das gekommen ist; wir wissen auch, daß nicht nur falsche Vertrauensseligkeit daran schuld ist, sondern daß manches, was in Frankreich möglich war, in Deutschland sich nicht durchführen ließ. Aber die Folge ist: Wir haben eine Schwäche der Staatsgewalt gegenüber Kräften, die die Verfassung verhöhnen, wie seit Jahrhunderten nicht. Um so mehr müssen alle, die es wohl meinen mit der Zukunft des deutschen Volkes, sich zusammenschließen, um die Republik zu säubern und zu stärken, um vor allem Republikaner nicht nur im Sinne äußerer Verfassungstreue, sondern Republikaner der Gesinnung zu erziehen.